汤姆·斯威夫特和
水底跟踪器

【英】维克多·阿普尔顿Ⅱ 文
燕锐锋 等图
刘庆双 等译

江西·南昌
江西科学技术出版社

图书在版编目（CIP）数据

汤姆·斯威夫特和水底跟踪器 /（英）维克多·阿普尔顿Ⅱ文；燕锐锋等图；刘庆双等译. -- 南昌：江西科学技术出版社，2018.3（2024.1重印）
（汤姆·斯威夫特丛书）
ISBN 978-7-5390-5892-4

Ⅰ.①汤… Ⅱ.①维… ②燕… ③刘… Ⅲ.①儿童故事 – 英国 – 现代 Ⅳ.①I561.85

中国版本图书馆CIP数据核字(2017)第049715号

国际互联网(Internet)地址：http://www.jxkjcbs.com
选题序号：KX2016067
责任编辑：郭绪书

汤姆·斯威夫特和水底跟踪器
TANGMU SIWEIFUTE HE SHUIDI GENZONGQI

〔英〕维克多·阿普尔顿Ⅱ 文；
燕锐锋 等图；刘庆双 等译

出版发行	江西科学技术出版社
社址	南昌市蓼洲街2号附1号
	邮编：330009 电话：（0791）86623491 86639342（传真）
印刷	三河市嵩川印刷有限公司
经销	各地新华书店
开本	700mm×1000mm 1/16
字数	114千字
印张	11
版次	2018年3月第1版 2024年1月第2次印刷
书号	ISBN 978-7-5390-5892-4
定价	39.00元

赣版权登字-03-2017-67
版权所有 翻印必究
（赣科版图书凡属印装错误，可向承印厂调换）

前言 QIANYAN

人总是离不开阅读，特别是在现代化信息时代，阅读无疑更是我们难求的一片宁静港湾，让我们有机会去感受、去体悟、去反思、去认证我们的这个世界和未来的世界。

科幻小说是一种起源于近代西方的文学体裁，在尊重科学结论的基础上进行合理设想后形成的文学作品，具备"逻辑自洽""科学元素""人文思考"三个要素。科幻小说与一般的传统小说不同，其特殊性在于它与科学技术的发展有着直接的联系，能让读者间接了解到科学原理。但它又是一种文艺创作，它扎根于社会现实，反映社会现实中的矛盾和问题，在科学技术发展的方向上，提供若干有参考价值的预见。有时，某些科学发明尚未出现，科幻小说里则已经进行生动的描绘，如潜水艇、机器人和宇宙航行等。

著名文学评论家布哈伊·哈桑曾说，科幻小说可能在哲学上是天真的，在道德上是简单的，在美学上是有些主观的，或粗糙的，但就它最好的方面而言，它似乎触及了人类集体梦想的神经中枢，解放出我们人类这具机器中深藏的某些幻想。

阅读科幻小说至少让我们有如下的感受：

一、文学的轻松愉悦

科幻小说的主题非常明显，它会涉及"未来"和"未知"、"科学"和"规律"、"生命"和"文明"、"生存"和"冒险"等等，每一本科幻小说都是一个全新的世界，每一次阅读都是一段全新、充满惊喜的精神旅程。

二、科学与严谨的想象

爱因斯坦说过，想象力比知识更重要，因为知识是有限的，而想象力概括着世界上的一切，推动着进步，并且是知识进化的源泉。通过阅读科幻小说，感悟其中的想象力，在人文、哲理的思索上，在思想道德意识的增强上所起到的作用是潜移默化的、是发散性的，其威力是不可估量的。

三、引发科学与理性的思考

科幻小说中的"科学方法"是一种有系统地寻求知识的程序，涉及"问题的认知与表述""观察与实验搜集证据""假说的构成与测试"。简单地说就是一个科学理论要经过观察、解释、预测、确认、评估、发表的程序，才能从一个假设发展成原理。科幻小说的"理性思考"就是遵从客观规律、进行逻辑分析的思考方式。

《汤姆·斯威夫特》系列曾是国外流行的科普小说，书中很多的科幻内容今天都已经变成了现实，它曾影响了几代读者，它伴随了很多人的成长。现以中文出版此书，相信书中的情节与科学，也会给中国读者带来同样的快乐体验。

目录 MULU

第一章　溺亡的洛马人…………………………………… 001
第二章　紧急求救！……………………………………… 011
第三章　侦探乔·温克勒…………………………………… 020
第四章　唱歌的男性人鱼………………………………… 028
第五章　致命的拖网渔船………………………………… 034
第六章　汤姆·斯威夫特的替身…………………………… 042
第七章　一通越洋电话…………………………………… 053
第八章　搜　索…………………………………………… 062
第九章　海底之峰………………………………………… 070
第十章　猎犬实验………………………………………… 080
第十一章　鲨鱼人………………………………………… 089
第十二章　神秘的百万富翁……………………………… 098
第十三章　黄金线索……………………………………… 105

第十四章　密　窖…………………………………113
第十五章　俘虏们…………………………………122
第十六章　可怕的敌人……………………………130
第十七章　消失的证据……………………………138
第十八章　声呐信号………………………………145
第十九章　危险的痕迹……………………………153
第二十章　被困在下面……………………………162

第一章 溺亡的洛马人

"汤姆,这次探险一定会成为二十世纪最伟大的科学探险之一!"《肖普顿晚报》的记者丹·帕金斯喊道,"我们都会支持你的!"

"谢谢你,丹。"这位著名的年轻发明家汤姆·斯威夫特回答道。面对媒体记者们狂轰滥炸式的提问,汤姆和他的朋友巴德·巴克利一直大度地笑着。

"我保证这次探险会与你的第一次跨洋飞行和第一条空间轨道齐名!"一位电视记者边说边把话筒伸向汤姆。

"如果能成功的话。"汤姆理性地回答道。

这些记者们全部聚集在位于费林岛的斯威夫特火箭基地,观看这两个年轻人勇敢地水下横渡大西洋,而他们两个只穿了汤姆研发的电子水肺服。

"声势这么浩大,如果没成功,可就丢人了。"巴德喃喃低语。

汤姆也这么想。这个18岁的高个子科学家本打算将此次尝试作为一场非公开试验，测试人类在海底的生存能力和适应能力。但斯威夫特公司内部职员们都兴奋不已，所以强制要求封锁消息也是无济于事的。

"汤姆，这次行程需要多长时间？"《团结报》的记者问道。

"按离子喷射器的速度，预计会用上五六天。"

"这次你们二位在没有任何救援设施的情况下，独自进行试验，会不会太过于危险？"《世界周刊》的记者问道。

汤姆耸了耸肩，说道："我们希望通过这次试验来证明人类可以适应海底环境。也就是说，我们要是在船的保护下试验的话，就没什么意义了。"

"与其说这是一场单纯的科学试验，还不如说是为了吸引媒体眼球的活动，你同意么？"一名记者大声喊道。

听到这种言论，巴德非常恼火，但汤姆保持着礼貌："请别忘了，我们从来没主动要求媒体宣传。这场记者见面会也是应媒体所邀而举行的。"

其他记者们力挺汤姆的观点，还有一些记者为他们的同行所提的这个棘手问题而道歉。

"我只想知道这次试验有什么实际的科学价值。"刚才那位记者面露尴尬，但仍不依不饶地问道。

"科学家们搞研究并不局限于实际情况。"汤姆笑道，"不过，这次试验可以测试发生海难或空难之后，我们的装备能否提高人在海中的存活率。同时,它也会为海洋学家、海洋生物学家在未来有关海底环境领域的直接研究探索出一条道路。我们也希望这次试验能给我们的未来带来更多可能,比如说海底采矿、石油勘探等。"

"有些专家还说,将来人类必须在海底找到新的生存空间,"巴德说,"是这样吗,汤姆?"

"没错……但是那还远着呢,至少我希望这种事不要太快到来。"汤姆笑着说道。

汤姆和巴德先离开,以便换上他们的呼吸服准备出发。哈伦·艾姆斯是企业集团的核心人员,这位黑色头发的安全总管陪着这两个年轻人走出了基地主建筑,上了一辆随行的吉普车。

他们加速向汤姆的小岛实验室驶去,这时艾姆斯对汤姆说道:"机长,那些问题你回答得真漂亮!"

"其实我还是不想做任何宣传。"年轻发明家汤姆答道。

"我也不想,"艾姆斯调侃道,"你能坚持不泄露任何计划,就已经很厉害了。"

费林岛本是大西洋海岸边一片荒凉的沙漠,后经斯威夫特家族改造,成为A国首个宇航中心。中心发射区域矗立着许多高耸入云的火箭,其中就有汤姆的创举——"星剑"。而且该岛还是汤姆的潜艇基地,用来放置能潜水的水陆两用直升机和喷气式潜艇。

到达实验室后,汤姆大步走到一个满是化学设备和电子设备的架子旁，打开了一瓶药，分别给自己和巴德倒出了三粒药丸。

"最后一粒是海底维生素。"

"你爸爸和辛普森医生用外太空植物调制的这些药丸，真是给潜水带来了重要的技术帮助。"巴德感激地说道。

"希望如此，但只有通过海底试验我们才能确定它是否有用，"汤姆回答说，"在短程潜水中，它的确很好地保护了我们的身体组织，使之不受反渗透问题的干扰。"

"下来舱口这边！"巴德咽下一口水，说道，"好了，咱们准备进入试验平台吧。"

这两位潜航员进入实验室旁的单间时，斯威夫特家族的私人电视网控制台突然亮起了红灯，艾姆斯打开视频。

他们的电视播音员布莱克出现在屏幕上。"汤姆，过来接电话！"艾姆斯喊道。

汤姆和巴德立刻赶回了实验室。

"机长，可能有重要事情，"布莱克说，"约翰·瑟斯顿要给你看些东西。"

瑟斯顿是一位日渐秃顶的官员。他一脸严肃，出现在屏幕上，说道："嗨，汤姆，准备好横渡大西洋了吗？"

"巴德和我正要穿呼吸服呢。"汤姆笑道，"怎么了？"

"看看这个。"瑟斯顿拿起一张图片，布莱克把图片放大到全屏。图片上粗糙地画着一个头朝下，沉在水中的洛马士兵，画下面是一排象形符号。

"这是什么东西？"巴德问道。

"是一张无线电传真照片，里面似乎包含着秘密消息。"瑟斯顿解释道，"昨晚通信委员会从一个未知的广播那里监测到的，然后就传给了我们。"

汤姆皱了皱眉，问："你们弄清它是什么意思了吗？"

"还没有，我们的破译专家昨晚彻夜都在破解密码。密码太短了，很难得出准确结论，但他们认为密码的意思是——阻止汤姆·斯威夫特。"

"天呐！"艾姆斯震惊地大喊道，"你知道这份消息是谁发出的吗？或者它的背后是什么？"

"还没有线索，"瑟斯顿答道，"我们还以为公司那边会有所了解呢。"

"我认为这条消息只是密码符号的译文，"汤姆插话说，"那幅洛马人的溺亡之画又有什么含义？"

"这个我们也很困惑。"中情局官员说道。

汤姆若有所思地摸着金黄色的平头。过了一会儿，他说："没事，不用担心这事儿。约翰，谢谢你告诉我们这个消息。巴德，咱们出发吧。"

"等一下，汤姆！"艾姆斯阻拦道，"这是个警告，你的试验可能不能顺利进行？"

"怎么不能？"瘦高个儿的年轻发明家反驳道。

"机长，这太冒险了！敌人可能正计划在途中袭击你和巴德！"

汤姆耸了耸肩，说道："也许这条信息是针对别人的，再说，现在我们已经不能反悔了。这场试验是很重要的。"他问巴德："你怎么看？"

"同意。"巴德是个年轻的加利福尼亚人，有一头黑发，肌肉发达。他还是汤姆的飞机和飞船的副驾驶员，他自信地露齿而笑，说道："走吧！"

艾姆斯失望地挥了挥胳膊。

"意料之中，"瑟斯顿微笑着说，"不过至少要注意安全，汤姆，祝你们好运！"

"谢谢了，约翰。我们一定会特别留意葬身海底的老洛马人。"

这边视频电话一断，年轻人就立刻换上了橡胶制黑色塑料呼吸服。每件呼吸服中都装有电子设备，以便从水中获取氧气供他们呼吸；还配有密度控制仪，用于在海中自由调整高度；背部装着一个细长的金属圆筒——离子驱动喷射器，可帮助潜水员在水中快速移动。

每个人的左手腕上都佩戴了汤姆设计的微缩型仿海豚声呐系统和指尖操控系统。整个系统动力都来源于斯威夫特太阳能电池。在他们的右手腕上有一款可查看日期、测量深度的手

第一章 溺亡的洛马人

表。他们在大腿上系上了许多小袋子，里面密封着记录仪。汤姆还带了雷管，准备使用声音定位仪"声遥"进行声道实验。

两个年轻人摘下了内置透明面具和声呐电话的头盔，拉开拉链，挂在胸前。这样，在试验开始前他们还能放松地聊一会儿。当他们准备离开实验室时，巴德喊道："嘿！看看谁来了！"

一位漂亮的女生满脸笑意，停车喊道："你不会以为在你试验前我们都不来送你吧？"

她是汤姆的妹妹，桑迪。他们的父亲——著名科学家老汤姆和他们的母亲斯威夫特夫人都在车里。斯威夫特建筑公司经理——奈德·牛顿叔叔——和他的妻子以及他的女儿菲利斯坐在后排，菲利斯是汤姆最喜欢的约会对象。

这两个年轻人挤上了他们的车，艾姆斯开着吉普车跟在后面。

在南码头那边停着许多斯威夫特家族企业集团制造的潜水艇，汤姆一行人刚到那里，在场的媒体记者和基地职员就发出了一阵欢呼。记者们纷纷将电视摄像机调整好机位，把话筒伸向汤姆和巴德。

"这次试验途中你们将怎么进食？"一位记者问道。

"我们的呼吸服是用双壁塑料蜂窝式材质制成的，里面含有流食，"汤姆解释道，"可以用食管进食。"

"汤姆，你腰带上这个像小盒子一样的玩意儿是什么？"

一个记者问道。

"这是我为潜水员研发的一种可携带式微缩型自动导航仪,这次试验将成为它的首秀。"

"那些手枪呢?"一个电视记者边问边给特写镜头,"是为了击退鲨鱼吗?"

汤姆笑道:"不,这是我的新发明——海底灯开关。它可以在海中释放一种化学物质,刺激海底可发光有机物,使之发光照亮海域。当然,在我们的头盔中也配有用电池的灯。"

汤姆还解释道,他和巴德会轮流休息,在一人休息时,喷射器会推动他前行,同时他们还会用尼龙绳将两人连接起来。

与斯威夫特和牛顿的家人最终告别后,这两名潜航员穿戴整齐,调整好头盔,在一片闪光灯与一阵欢呼声中,顺着码头的梯子向下进入水中。他们终于出发了!

"准备出发!"巴德用声呐电话发出信号。

喷射器油门开大,他们以鱼雷般的速度前行于大海中。他们聚精会神地观看着周围浅绿色的海景,耳机中充满了噼啪作响的噪音。鱼群从海藻丛和海底植物中穿过。闪着微光的海底满是海葵、海胆、海星,以及其它软体动物。

"飞人,小心!"汤姆指着一个僧帽水母朝巴德喊道。巴德赶忙转向,躲开了僧帽水母带刺的触角。

他们向外游到有坡度的大陆架后,开始向下降到二十米的

第一章 溺亡的洛马人

深度。在下降途中，他们还看见淤泥中半掩着一架帆船骨架，船上尽是倒钩。

刚到下午，他们就已经驶过大陆架，在大西洋海底向东加速移动。植被逐渐消失，海洋生物的数量也在不断减少，不过他们还是会时常遇到鱼群。

几小时后，头顶的日光渐渐消逝，汤姆和巴德打开了头盔上的照明灯。有时，他们会关掉电灯，打开海底灯开关，享受照亮海底世界的奇异之光。

到了后半夜，巴德睡觉时，汤姆的喷射器突然出现了异常，速度慢了下来。

汤姆立刻警惕了起来，心想："我的电池一定撑不住了！"因为担心巴德，他急忙打开了声呐电话，喊道："巴德！醒醒！"后面却没有任何回音。汤姆转过头来发现巴德头顶的灯正渐远渐弱，于是汤姆立即开始猛拉尼龙连接绳。

巴德立刻意识到他们两个一直都停留在原地。汤姆觉得他们需要升到海面，于是他发出了调整密度控制仪的信号。在接近海面时，他们突然感到头昏脑涨，心跳加速，这表明他们的循环呼吸管中的氧气在减少。一冲出海面，他俩就立刻摘掉了头盔。

"哇！"巴德倒吸一口气说道，"我们的备用电池怎么了？"

"一定是也没电了，它本该自动替换上去的。"汤姆答道。

"但是我们已经检查过电池了啊,怎么会没电呢?"巴德问道。

"我要是知道就好了,"汤姆说,"来吧,我们用无线电装置呼救!还好无线电装置和电池不在同一个系统里。"

汤姆踩着水,急忙从一个拉链袋中拽出他的微缩型双路紧急无线电装置。可是他打开无线电装置后,却没有任何回应,汤姆沮丧地喘了口气。

"怎么了?没反应?"巴德问道。

"没电了!试试你的!"

巴德的无线电装置也不能用。

"汤姆,咱们现在怎么办?"巴德咽了口气。

黑夜中,这两个潜航员孤独无助地漂在离岸数百千米的大西洋海面上。

第二章　紧急求救！

汤姆的声音中透着一丝平静，说道："按下衣服上的充气按钮，巴德。"

巴德照做，他的手指笨拙地按下按钮。"哇！我都忘了紧急系统这回事了，"他惭愧地说道，"我真高兴你在设计这套衣服时考虑周全。"

按下充气按钮可以使二氧化碳圆筒释放出气体，填充呼吸服腰下的可膨胀板。

"这样的话，在密度控制仪电池没电时，我们至少还能漂在海面上。"汤姆说道。

巴德在黑暗中艰难地咽着口水。不知怎么，汤姆的话在他的脑海里呈现出一幅反映他们俩现状的画面——一望无际的海面上的两个黑点，令人毛骨悚然。

"我们俩现在还在正确航线上么，汤姆？"

"当然。我们现在的位置很容易被营救。"为了振作他同伴的精神，汤姆以一种十分自信的语调说道，但他的内心却并不乐观。想要被过往船只发现的希望十分渺茫，如果他们再与航线偏离一些的话，就更没有被救的可能了。

"要是我们刚才定时传送无线电信号就好了。"巴德难过地说道，"那样的话，我们一旦没有音讯，公司那边就会担心我们，并开始搜救了。"

"这也是我们冒险活动的一部分。要是发送无线电信号，咱们就得有规律间隔地浮上海面，那样就失去深海生存试验的意义了。"汤姆突然停了下来，"巴德！你让我想到了一个好主意！"

"太好了，讲来听听。我们肯定用得上。"

"公司那边一定正想得到我们的信号，"汤姆说道，"至少费林岛想。"

"信号？你是说……"

"我是说用于声道测试的声音定位仪——声遥仪。"

"我不太懂。"巴德疑惑地说道，"声遥仪试验需要海底爆炸，但那些爆炸很难给基地的水听器监管员传递任何有关我们安危的消息。你带这些雷管是为了测试声道，即使基地收到信号，他们也只会以为我们在航线中发现了声道。"

"我希望他们会接收信号，这样我们就可以用雷管求救了。"

巴德听后，兴奋不已地说："简直是天才，你的大脑足有二十四克拉钻石般珍贵！我们试试吧！"

第二章 紧急求救

年轻的发明家汤姆足足带了一打小型水下雷管,准备在海底一千三百米深处引爆。他本打算在试验途中进行大范围的爆炸试验来探索水下声道的位置,爆炸的声音会传播数千千米。

但是现在,他先快速地连续扔下三个雷管,接着慢慢地扔了三个,最后又快速地连续扔了三个。要是水听器接收到信号,就会听到摩斯密码中紧急求救的声音:嘀嘀嘀,哒——哒——哒——,嘀嘀嘀。

"希望他们理解我们的用意。"巴德紧张地说道,"我们只剩下三个雷管,扔不了第二次了。"

"这三个我也会扔下去,方便他们定位到我们。"汤姆回答道。他以每五分钟扔一个的频率,分三次扔下了这三个雷管。

巴德越来越焦躁不安,他无奈且嘲弄地问:"来点儿夜宵怎么样?"

汤姆轻轻笑道:"好主意,就差一个晚间电视秀了!"

这两个潜航员在海上放松了起来,通过食管吸入液态营养物。幸运的是,大海风平浪静,他们俩随着起伏波动的海浪慢慢漂浮,天空中闪耀着点点星光。

"天啊,如果我们不是这般处境的话,我都要开始享受这一切了。"巴德说道。

"现在也一样,"汤姆说着,"这儿的海风怡人。"

一小时后,他们两个发现西边海平面上出现了一道垂直的光。随着那道光越来越近,他们很快就认出了那是飞机的红绿舷灯,并听到了飞机引擎的响声。

"是'蓝天女王'!"汤姆叫道,"他们启用了父亲的大型探照灯!"

飞机划过海面时,他们俩冲它使劲挥手大喊,但是飞机离他们还有约一千米远,并没有注意到他们俩,便直接飞了过去。

"希望他们能回来。"巴德说道。

找到他们两个之前,飞机又在这片海域绕了两圈。发现他们后,飞机向下俯冲,放下了梯子。"蓝天女王"是汤姆的第一项重要发明,它由原子能驱动,并配有喷气式升降机,方便垂直升降和在空中悬停。这个大型三层飞机配备了全套科研设施,经常被称作"飞行实验室"。

一头金发的汉克·斯特林是斯威夫特企业集团的首席故障检修员。汤姆和巴德刚上飞机,他就从机舱尾部的控制室中走出来迎接他们。

"谢天谢地,我们找到了你们!"汉克喊道,"你俩还好吗?"

汤姆松了口气,说道:"现在好了,不过刚才我俩确实紧张得冒了不少汗。我一直在想那张无线电传真照片,还有那条密信——'阻止汤姆·斯威夫特'。他们这次来真的!"

"蓝天女王"刚开始返回费林岛,救援成功的消息就传回了企业集团。哈伦·艾姆斯一直在岛上的飞机场等着,他说他会立即通知瑟斯顿。

"我们还没通知你的家人，机长。"艾姆斯说道，"在确定紧急求救信号位置之前，我不想让他们担心。"

"很好，不用让他们为此担心。哈伦，这次试验被拖延确实让我感到很失望。当时各方面条件都处于理想状态，可过一会儿就不一定了。"

汤姆和巴德把他们的经历讲了一遍，说出了他们的困惑。说完后，由于疲惫不堪，他们直接在汤姆的实验室里睡下了。

大约上午10点，他们俩安定下来正要吃一顿丰盛的早餐时，艾姆斯走了过来，而乔·温克勒正忙着做培根、鸡蛋和黄油吐司。乔是一个身形矮胖的厨师，他是斯威夫特企业集团的私人厨师，每次汤姆外出探险都由他做陪同主厨。

"汉克已经检查过你们的装备了。"艾姆斯说道。

汤姆眼神暗淡，问道："人为破坏？"

"没错。我们在电池里找到了一些塑料碱性胶囊，它会抑制电池放电，最终切断电源。"

汤姆皱了皱眉，说道："破坏者是想让我们离岸足够远以后才出故障。"

"但谁能干这事儿呢？"巴德质疑道，"我们俩已经检查过装备了，而且就在昨天早上还检查了最后一遍。他是在什么时候搞的破坏呢？做手脚的不是内奸，就是媒体见面会上的记者。"

"没错，"艾姆斯附和说，"昨天岛上只有记者是外人。"

乔突然结结巴巴地抖了起来。

"嘿，小心点儿！"巴德冲乔喊道，"你没把黄油抹到吐司上，全抹到手上去了！"

"试试我的长柄锅，汤姆，我知道是谁对你的潜水呼吸服动手脚了！"乔脱口而出。

剩下的三个人都盯着乔。

"谁？"汤姆问道。

"一个记者。那会儿我正在洗你和巴德昨天的早餐盘子，需要去储藏室取点洗涤剂，结果我跟个傻子似的忘了锁门，等我回来时，正好碰到那个混蛋走出实验室。"

"你确定他是个记者？"艾姆斯插了一句。

乔摘下了厨师帽，挠了挠锃光瓦亮的秃头顶，答道："对，他戴着一个通行证。我对他进行了一番询问，他看上去很愧疚。他说这是他的第一次大型报道，为了给老板留一个好印象，他想去汤姆得到最新发明的实验室那边取材，而且他还求我不要举报他，否则他可能会丢了工作。"

"所以你就让他走了！"巴德哼了一声。

乔痛苦地哽咽着。

"他长什么样？"汤姆问道。

厨师费力地想了半天，说道："我记得不准确，不过他有

胡子。"

"应该不难查。"艾姆斯从口袋中拿出了一些折着的纸，说道，"我这儿有媒体见面会所有在场人员的名单……这里面很多人我都知道。据我回忆，里面只有两三个人留有胡子，很快就能查到他们。"

艾姆斯走后，乔咕噜道："我真的很抱歉，汤姆，都怪我太蠢了。"

汤姆轻轻拍了拍他，说道："没事儿，老伙计。换我说不定也一样。"

乔摇摇晃晃地走到实验室，经过巴德身边时，巴德冲他眨了眨眼睛以示安慰。

艾姆斯回来的时候，两个年轻人还没吃完饭。艾姆斯说道："我确定他的身份了，机长。那个破坏分子以新闻机构欧新社记者温努图·吉劳德的名义混进来的，而真正的吉劳德正在其他地方执行任务。他一定是伪造了通行证，骗过了乔。"

"哈伦，你能追踪到他吗？"

艾姆斯耸耸肩膀，说道："我会尽力一试，就从实验室里的线索开始查起。"

"好的。"汤姆站了起来，说，"我和巴德明天会再次出发。我想，最好通知媒体我们的进度已经落后了。"

"没这个必要！"艾姆斯激动地说，"你们俩已经面临太多危险了。如果还是执意要进行这场试验，那就对媒体封锁消息。他们不需要知道得这么早。"

"我也这么想，"汤姆赞成，"不管怎样，我们最后发给科学杂志的那篇报道才是唯一重要的东西。"

汤姆和巴德基本上一整天都待在岛上，为第二天早上的全新征程放松精神，做好准备。他们在又一次仔细检查了装备后，直接将它锁了起来。这天晚些时候，他们飞回了肖普顿，去斯威夫特家吃了晚饭。

身材苗条、美丽动人的斯威夫特夫人在家，她极力掩饰着对这两个年轻人的担心。汤姆其实十分明白，一直以来他妈妈为他和他爸爸的探险担心不已，所以在不停地安慰她。

对年轻发明家汤姆来说，危险早已不陌生。自从他在飞行实验室里第一次和一群垂涎无价放射性矿石的叛乱分子发生冲突后，他曾无数次在外太空和世界各地与间谍和科学界的敌人战斗。最近，他才刚从G国丛林里那令人惊叹的斥力装置空中公路建筑工程中抽出身来。

一顿美味的炸鸡晚宴后，汤姆和巴德正坐在客厅里看电视，这时屏幕上突然出现了一条紧急新闻播报，画外音传来：

"本台最新收到消息，百夫长号远洋定期客轮刚刚在大西洋中部沉毁。沉毁原因是船上的一场不明爆炸。船上载有大量金子，以及雕像。这个闻名世界的雕像此番被运往A国，是为了参加一场特殊的展览。沉船细节尚未得知，但目前有报道称所有乘客和船组人员都已得救。不过，金子和艺术品却沉在了海底。"

巴德惋惜地吹着口哨："哇，损失巨大！"

汤姆兴奋得大声说道："巴德，这件事正好可以解释那张奇怪的无线传真电照片！"

第三章 侦探乔·温克勒

斯威夫特先生吃过晚饭后去书房咨询有关工程进展的事情,回到客厅时正好听到电视上的紧急新闻,以及汤姆和巴德的对话。

"儿子,什么无线传真电照片?"斯威夫特先生问道。

汤姆讲述了那幅描绘洛马军人溺亡的画和画下的密码,他说:"我想我应该提前告诉你们的,但我不想让您和妈妈担心。"

老汤姆身材匀称健壮,小汤姆长得很像父亲,都有着敏锐、深邃的眼睛,老汤姆笑着坐下来,"我理解。但这和这次沉船有什么联系吗?"

"爸爸,我有种预感,这幅画中溺亡的洛马军人就代表着百夫长号轮船,破坏事件的策划者是在警告我不要靠近。"

"嗯。"斯威夫特先生若有所思,"百夫长号是洛马军队的军官,这样说得通。也就是说发送消息的人早就知道这艘船

会沉毁。"

"没错,因为他或是他们早已在船上安装了炸弹。"汤姆解释说,"这幅无线传真电照片可能就是安排好要炸沉它的信号。"

"天啊!"巴德喊道,"我敢打赌你绝对说到点儿上了,天才!"

斯威夫特先生摸着下巴,仔细思考着这个问题:"汤姆,这件事十分重要。我认为你应该立刻把你的推理告诉情报局。"

"我现在就去。"汤姆拿起话筒,给约翰·瑟斯顿打了一个长途电话。这位年轻的发明家向约翰阐述了他的推理,也许这幅洛马人的溺亡之照片正暗示着此次百夫长号的爆炸。

"汤姆,这是目前为止我们得到的最好的线索。"瑟斯顿紧张地说道,"我们会通过这个角度进行研究。还有,你和巴德也要提高警惕。"

汤姆答道:"我们明天出发,要保密。"

这时,桑迪过来加入他们。三个年轻人有说有笑地聊了一会儿,汤姆和巴德决定启程返回岛上。

"这么早?"桑迪满脸失望地问,"还没到八点呢。"

汤姆咧着嘴笑着说:"妹妹,如果想明天有个好状态,我们可不能错过美容觉啊。"

就在他俩准备离开的时候,电话响了起来。

"找你的，汤姆，是乔打来的。"桑迪喊道。

"老板，我可能找到那个假记者了！"乔激动地唠唠叨叨着，"你知道的，就是那个温努蒂陀螺仪，管他叫什么！"

"你是说那个以吉劳德的名义混进来的大胡子？"汤姆立即警觉起来，问道，"乔，你在哪儿打电话？"

"我现在说不清，我在特里亚，一家高级餐厅。老板，你快来，不然这混蛋就跑了！"

汤姆听到电话挂断的声音后，把乔得到的消息传达给大家，接着就和巴德开着他那驾低底盘的银色跑车出发了。

与此同时，乔慌忙回到座位上，却坐立不安。他的目标是一个一身肌肉的瘦高个。那人戴着墨镜，留着大胡子，和他的两个同伴一起坐在离乔不远的地方。乔伸长脖子想仔细看清他，但视线被挡住了，只能模糊地看见那人的身形。

"我可怜的炎鸡内脏呀，他们已经吃完甜点了！"乔越来越烦躁，"我得好好瞅瞅那家伙的脸！他们可能在汤姆来之前就走了！"

"先生，火烧煎薄饼味道还好么？"

"哈？"乔抬起头，在与肩同高处看到了一个服务员。"哦，很好，很好！很好吃。"乔伸手想拿些酱汁挤在甜煎饼上，却心不在焉地拿起了醋，挤满了整块饼。

服务员挑了挑眉毛，微微耸了耸肩，离开了。

第三章　侦探乔·温克勒

戴着墨镜的男人和他的两个同伴正在用餐巾纸擦嘴，似乎马上要离开了。乔绝望地站起来向他们那桌走过去，试图勇敢地对他们进行近距离观察。但当他走近的时候，那个男人突然转过头去，和身后那桌的人讲话。乔只能看见墨镜男的后脑勺。

"我就应该坐在那不动的，"乔想，"那样还能看得更清楚。"

他气冲冲地回到自己的桌边，可那个可疑的男人开始对着他的同伴讲话了。

乔怒道："能不能别乱动，伙计！"

他又站起来朝着可疑人的餐桌走去。长着罗圈腿、又矮又胖的乔第三次顶着大肚子从用餐者们的椅子之中蹭过去时，有些客人露出了厌恶的表情。可是，乔接近可疑人后，那人又开始和他后面的人聊天了！

乔脸上汗流不止。那个男人的两个同伴——一个女人和一个身材结实、满脸肉的男人都在盯着他看。

"你在找人吗，伙计？"那个结实的男人嘲讽地问道。

"也许是，也许不是。"乔咆哮着。他边慢慢地往回走，边扭头瞅着，希望那个大胡子能扭过头来。

乔撞上了一个服务员，一下子把托盘中的菜肴和银制餐具弄得满地都是。乔晃晃悠悠地还没反应过来，就被一位客人的脚绊倒了，直接摔倒在地上。

第三章 侦探乔·温克勒

这两个年轻人很快就告辞了,乔则留了下来和他的朋友快乐地回忆着往事。

他们俩离开饭店时,巴德对汤姆说道:"那个服务员领班看起来简直想拿羊腿敲碎乔的脑袋!"他们俩都大笑了起来。

第二天清晨,这两个潜航员再次出发横跨大西洋——这次只有基地工作人员目送他们下水。

汤姆想尽快前进,因此他们两个将离子喷射器调至"全速前进"模式,穿梭在海洋中。几小时过去了,两人通过声呐传声话筒只说了几句话。他们有些失重,但浑身轻松,在绿色的海底世界快速行进。

下午三点左右,巴德突然发出信号:"检查一下你的声呐系统,汤姆!"

这位年轻的发明家瞥了一眼手腕上的声呐示波仪,显示屏上出现了一个奇怪的光点。

"要说是潜艇的话,这也太大了,对吧?"巴德问道。

汤姆同意:"我肯定这不只是一个物体,也许是一个鱼群。"

两个年轻人既警惕又好奇,他们保持着原定航线。很快,他们发现一群身形很大的黑色生物正向他们游过来。汤姆感到恐惧,睁大了双眼。

"虎鲸,巴德!"他用麦克风发出警报,"这是我们在海底会遇到的最危险的东西!"

第四章　唱歌的男性人鱼

看上去，后边至少有十二条虎鲸。它们背部为黑色，腹部为白色——两种颜色被宽大、凶恶的大口分开。

"怎么办，汤姆？"巴德紧张地问道。

"喷射苯胺黑——迅速潜水！"

汤姆边说边从腰带中拔出一个末端装着小活塞的易爆塑料盒。他将盒子瞄准虎鲸群，按下了活塞。一股蓝黑色染料快速地从盒子前端喷射而出，在海水中扩散开来，将海水染成了墨色。

"潜下来，巴德！"汤姆命令道。

这两个潜航员调整了他们的密度控制仪，下降到六百千米的深度。

"现在怎么办？"巴德问。

"躲避，"汤姆答道，"跟我来！"

接下来的几分钟里，两个年轻人像飞快的鳟鱼一样在海中呈之字形前进，不过他们的大方向仍未偏离预定的东北方向航线。终于，汤姆在看了看声呐系统显示屏之后关掉了喷气驱

第四章 唱歌的男性人鱼

动装置和声呐脉冲。他叫巴德也这么做,一起保持这种状态十分钟。

年轻人们在这片阴沉的绿色深海中漫无目的地漂荡着。最后,汤姆打开了他的声呐系统,检查显示器上的影像,显示一切正常。

"那些虎鲸的听力惊人。"汤姆用声呐电话解释着,"它们一旦听到声音,就可以轻而易举地找到我们,而且我不确定我们能不能跑过他们。"

"它们并不像我所了解的鲸鱼那么大。"巴德说道。

"只有九米长,"汤姆淡淡地说着,"但这'虎鲸'的名字可不是空穴来风,巴德。它们喜欢去咬大鲸鱼,而且还能吞下一整头海豹。"

"哇!幸好我们不是海豹!"

"别忘了,我们的特制声呐脉冲听起来就像是海豚——也是它们的所爱。"巴德震惊地嘟囔着。汤姆冲着他笑道:"实际上,它们是大型捕食野兽之一,我想知道它们会不会挑食。"

"随便它们吃什么都行,"巴德答道,"只要不是我们。"

汤姆趁机在自动导航仪上查看了他们的方位,导航仪就装在先进的核陀螺仪边上。确定方位后,这两名潜航员打开了离子驱动喷射器,继续横渡大西洋。

他们游了一会儿后,年轻发明家汤姆看了一眼他那亮着光的手表。"巴德,现在休息怎么样?"他用声呐电话问,"我们休息得越好,在水下撑得越久。"

"可以啊,"巴德回复说,"谁先休息?"

"你先吧,我现在精神太集中了,一时半会儿可能还睡不着。"

两个年轻人先用尼龙绳索把彼此连接起来,接着汤姆游到了前方,巴德则在后面悠闲地闭上了眼睛。

"天啊,感觉就像睡在摇篮里。"副驾驶员巴德自言自语着,"我感觉浑身轻松,像片羽毛一样。"

为了哄自己睡觉,巴德唱起了一首原创催眠曲。汤姆轻轻地笑着,听着耳机中断断续续的歌声:

"噢,摇着我到了梦乡

伴着深沉的歌谣

那渔岛的摇篮曲!"

按原计划:一人先睡两小时,然后两人同游一个小时,接着另一人睡两小时,两人再一起同游一小时。这样的话,在一天二十四小时中,他们两个都可以保证八小时的睡眠,也不会因为长时间的警惕而感到过度疲劳。

两小时后,汤姆叫醒了巴德。这时,海水的颜色已变成了暗沉的灰绿色。又过了一小时,年轻的发明家汤姆准备休息时,海底已经毫无光亮了。

第四章 唱歌的男性人鱼

为了打发时间,巴德一直盯着那些眯着眼睛、张着嘴巴的鱼群,看着它们从他头顶的黄色光线中游过。其中一条超过两米长的特大椭圆形太阳鱼令他目瞪口呆。

"天啊!要是乔用那条鱼做菜,都能喂饱一船人了!"他心想。

这一夜过得很漫长。两个潜航员都还不太适应这种时间安排。面对着深海中令人恐惧的黑暗,其中一人在绳索的末端安睡时,另一人总会感到寂寞。

第二天早上,两人都醒着时,声呐扫描仪上突然出现了不明物体,他们瞬间紧张起来。该物体正从后方高速靠近,经过他们身边时,两人保持着高度警惕,以防万一。直到汤姆看到那架小型飞船的外观、潜水舵和细长的指挥塔后,才松了一口气。

"放轻松,巴德,那只是艘A国海军的核潜艇!"汤姆发出信号。

"它这是要上哪儿去?"巴德问,"你觉得他们发现我们了吗?"

在核潜艇内部,水听器操作员正一脸迷惑地监听着这两个年轻人的对话。"刚开始我还以为这是一对海豚,长官。"他向船长报告说,"但我监测到的尖锐声音就像某种声呐波载波。"

"试试水下通讯。"船长命令道。

为了搜索到声呐信号，船长下达了减速命令。同时，这名下士士兵打开了水下电话。可是听到扬声器中传来的声音后，所有人都惊得目瞪口呆。

"我是大西洋中唱歌的男性人鱼。在奥利章鱼组合的协助下，我们乌龟三人组要向你们宣布：你们马上就要葬身海底啦！"

伴随着模仿乐器的声音，传来了一个男人低沉的歌声。船长气得涨红了脸，大步走到水下电话前，对着麦克风狂喊道："我是弗罗斯特船长，谁在舱外？到底怎么回事？"

想到核潜艇里因为巴德的玩笑所带来的反应，汤姆忍不住笑了。他朝巴德招了招手让他安静，然后回答道："抱歉，船长。我为刚才的玩笑道歉，我是小汤姆·斯威夫特，刚才你们听到的那位唱歌的男性人鱼是我的朋友巴德·巴克利。我们穿着电动水下呼吸服从费林岛出发，正前往K国，现在行程刚过一天。"

核潜艇内传来了一阵友好的笑声。"我们接受道歉，但是刚才那个人鱼真是吓了我们一跳。"船长接着说，"我是三叉戟号核潜艇船长弗罗斯特，我们正开往K国。你们想上船参观吗？"

为了不影响汤姆和巴德的水下生存试验，汤姆婉拒了船长的邀请。而三叉戟号核潜艇则派出了一位潜水员潜水看看汤姆和巴德，他仔细观察了这两位潜航员后，惊叹不已。过了一会儿，双方互祝好运后，核潜艇便按照计划航线出发了。他们的

航线比汤姆和巴德的航线稍微偏北。

到了第三天,两个年轻人已经完全适应了海洋生活模式,于是潜到了更深的水域。这天下午,他们正在巡游,一个声呐信号图像突然出现了,这个图像几乎占据了整个声呐扫描仪屏幕,但其顶端却越来越窄。

"这是什么?地理构造吗?"巴德问道。

"一定是,"汤姆猜道,"可能是一座水下火山,也可能是一座海峰。"

突然,暗光透过阴暗的海绿色出现在他们眼前。很显然,那是从海底向上射出来的。

"嘿!那灯光是在上面吗?"巴德发出信号。

"看上去的确如此。"他们能看见星星点点的黄色光晕,但是因为距离太远,并不能搞清光源所在。"我们去看看,"汤姆小心地说道,"但现在先别开灯,也别开海底灯开关。"

这两名潜航员继续向前。慢慢地,汤姆感到了一种奇怪的刺痛感,这种感觉越来越强。突然,汤姆发现无数鱼群正与他们游向同一个方向。

年轻发明家的脑海中闪过了一丝恐惧,他突然感到头晕眼花,迷失了方向。凭借着意志力,汤姆艰难地游离了航线。

"巴德,快停下!"他用声呐电话警告道,"再往前你会触电而死的!"

但巴德没有任何回应,他正全速前进!

第五章　致命的拖网渔船

"巴德！"汤姆又喊了一次，还是没用。很显然，巴德已经神志恍惚、难以回答他了。巴德随时都有可能丢掉性命！

汤姆稍做犹豫，便奋不顾身地一头扎回航线。巴德现在已经甩他很远了。有可能难以及时赶到，因此汤姆将自己的喷射器动力开到最大。

汤姆又一次感觉到了这种奇怪的刺痛感，脑袋眩晕，时间地点观念都在逐渐抽离。

"我一定得保持清醒！"汤姆告诫自己，"要是我也控制不了思想，我们就完了！"

很快，他靠近了巴德，伸出手就能抓住巴德的皮带。这个健壮的副驾驶员被电得手脚抽搐，而水的阻力把他的挣扎放缓了许多。汤姆带着巴德一起旋转到一个安全的方向，然后他紧紧地抓着巴德，离开了危险区域。

汤姆大脑中刺痛感基本消失了。很快，他就切断了自己的喷射器动力，并成功地暂停了巴德的离子驱动喷射器。

第五章 致命的拖网渔船

"发，发生了什么？"巴德晕晕乎乎地问道，"我刚才难道是被深渊迷惑了，还是其他什么事？"

"几分钟前，你还在不停抽搐，"汤姆告诉他，"你刚刚正向一片海域全速前进，那儿的电量足够电晕一头鲸鱼。"

年轻的发明家汤姆指向那个巨大的火山型地貌，他们的视线被各种鱼群挡住了——有鲭鱼、鳕鱼、鲱鱼、金枪鱼，甚至还有海豚和鲨鱼。所有的鱼群都疯狂地朝着一个方向游去，它们慢慢地向上游着，像是游进了一个隐形的窄口沙漏。

"我，我不太明白。"困惑的巴德结结巴巴地说。

"那片水域好像悬挂着一个通电的捕鱼设备——只能这样解释。"汤姆说道，"电极会吸走无助的鱼群，这个情况叫作向电性。当鱼群靠近捕鱼设备时，就会触电，被管道吸走，送到渔船上。我们刚才太晕了，竟然没有留意到这一点。"

"你是说我们会和那些鱼群一样被吸到上面喷出来？"

汤姆耸了耸肩说道："也许吧，我真庆幸我们最后没去察看。否则我们的喷射器有可能已经把我们带进那片海域了。"

"好——好——好险啊！"巴德想到他们刚经历的死里逃生，不禁打了个颤，"我打赌我刚才一定是晕糊涂了。如果没有你，伙计，现在那个拖网渔船就能捞到它打捞史上的第一个飞行员了！"

"那会是什么样的捕鱼故事呢。"汤姆咧着嘴笑着。突

然,他喊道:"巴德!海峰上的光消失了!"

"得了,我还是闭嘴吧!我们之前什么都没见过,对吧?"

"我们刚才的确看见光了,不会有错的。"汤姆反驳道,"再去看看吧!"

幸存下来的鱼群现在正慢慢分散,看上去好像通电捕鱼装置已经关闭,或是撤回去了。为了安全,汤姆和巴德绕着大圈慢慢从不同的方向靠近那个水下构造。

结果两个年轻人又一次感到了刺痛感,鱼群们也又开始游过他们身边。

"转弯,巴德!"汤姆警告道,"别被一个诡计耍两次!"

当他们再次回到安全范围后,巴德困惑地看着汤姆,说道:"汤姆,你刚刚提到诡计。你是说有人故意为之?"

"只是我的猜测,但我觉得八九不离十。"汤姆严肃地说,"一般情况下,通电捕鱼装置的有效电流范围是二十七米,但我们遇上的这个明显更强大。除非拖网渔船是故意在那里守卫海峰的,否则根本说不通。"

巴德看着鱼群移动的方向,生气地皱起了眉,说道:"你说的没错。他们一直在移动渔网来拦截我们的道路。"

"对,也许他们是通过声呐追踪我们的。"

"但最开始时,他们怎么得知我们的存在呢?我们用的声呐脉冲在水听器上听起来就像海豚一样。"

"可能是我们用声呐电话交流时暴露了自己。"汤姆回答道。接着，他沮丧地说："都怪我们的呼吸服上没有反侦察设备。为了带上液态营养和一些途中必备的用具，我们没装反侦察设备。"

"那我们现在怎么办呢？"巴德问道。

"继续前行。我们干不了其他的。"汤姆停下来，在他的自动导航仪上确定了海峰的准确位置。"但是我保证我们会尽快乘着'海洋猎犬'回来，查清楚到底是谁在搞鬼。"

"海洋猎犬"是一艘极具变革性的飞行潜水艇。当时汤姆就是乘着它去探索水下黄金之城，发现了贵重的氚沉积物。

这两名潜水员打开了他们的离子驱动喷射器，再次踏上征程。很快，他们就沉浸在了海底世界宽慰人心的平静之中。

"如果能脱掉这身呼吸服，呼吸些K国的新鲜空气，我一定会很开心。"巴德边说，边伸展着四肢，活动筋骨。

"我也是。"汤姆有同感。

接下来的两天里，除了与一只大乌贼的短暂相遇以外，他们一直平安无事。当他们两人想接近乌贼时，那只长相骇人的生物蠕动着触角消失在了黑暗的海底。

"抹香鲸就是以这种生物为食的。"汤姆说道。

"它们的胃简直是特大号的。"巴德心神不定地回答着。

汤姆轻轻笑道："即使后面有鲸鱼在捕食，那些乌贼也不

第五章 致命的拖网渔船

会轻易下到海底。许多被捕的抹香鲸身上,都有乌贼的触角留下的疤痕。"

在离开费林岛后的第六天清晨,汤姆和巴德兴奋地驶进了K国海域。远方轮船的螺旋桨工作时,海水泛起了波纹。

"我们快到了!"巴德喊道。

遇到K国潜水艇时,两个年轻人与K国潜水艇互致问候。潜水艇立即将他们到达的消息发送到轮船和海岸航空站,并护送他们到达目的地。两个年轻人终于完成了他们无间歇横渡大西洋的试验!

两名潜航员最终浮出水面,这时拖船的汽笛声、轮船的警笛声、港口上靠着船栏杆的船员和乘客们激动的呐喊声响成一片,向两名潜水员表示祝贺。

汤姆和巴德的确没有想到会有这样大阵仗的热情接待。其中一个码头传来了强烈的欢呼声,他们听后便知道应该在那儿登陆。两名潜水员朝着码头游去,很明显,那里有欢迎他们的人们。他们刚一到岸边,就被大家簇拥着上了岸。

"欢迎你们!你们的试验堪称奇迹!"一位庄重的官员说道,"斯威夫特先生已经提前和我们讲过你们大概今天抵达。"他的声音几乎被人群的欢呼声淹没了。

"哇!我们俩似乎真的创造了奇迹!"摘头盔时,巴德向汤姆低声说道。

人们疯狂地按下快门,将摄像机对准这两位英雄。问题从四面八方传来，大家将麦克风伸向他们，焦急地等待着回答。

"潜水员们，你们现在感觉怎么样？"

"你们上岸后第一反应是什么？"

"你们俩在水下状态良好吗？"

"和电视机前的各位观众打声招呼吧？"

汤姆笑道："嗨！很开心，我们的试验成功了。我们俩现在都很好，但说实话，我们压根儿没想到迎接我们的阵容会是这么大。"

听到他的话，人群中又爆发出一阵欢呼声，接着官员说道："一直以来，我们K国人都对探险怀有钦佩之情，我们认为这次独立的横渡大西洋之旅，足以成为人类在海洋探索领域的里程碑！"

喝彩声再次响起。

整个欢迎过程持续了半个多小时，之后汤姆和巴德上了一辆车，向酒店方向驶去。沿途街道上挂满了迎接他们的彩旗。酒店里，热情的K国商人早已为他们准备好了裁缝手工缝制的衣服和一些配饰。

"正合适！"巴德看着镜子里的自己，大声说道。

"一定是哈伦把我们的尺寸告诉他们了。"汤姆略带尴尬地说道。

一架直升机已经到达，等他们换好衣服，准备接他们去参加第二场更加盛大的招待会。

第五章 致命的拖网渔船

直升机降落时,巴德说:"怎么没见着迎接的铜管乐队啊。"

令汤姆和巴德吃惊的是,有三位官员穿过停机坪向他们大步走来,但这几人的神情却十分凝重。

"你好,"汤姆礼貌地说道,"我想你们几位就是,呃,是接待委员会成员吧?"

"所有计划都变了!"其中一位官员说,"我们接到举报称你们两个涉嫌欺骗,在我们调查结束之前,欢迎仪式暂时取消。"

"欺骗!"巴德喊道,"什么欺骗?"

"就是你们所说的海底横渡大西洋。"官员回答。

第六章 汤姆·斯威夫特的替身

听了官员的话后,汤姆和巴德震惊了好一会儿。接着,汤姆愤怒得涨红了脸。这位年轻的发明家虽然不怎么在乎欢迎仪式,但他却十分珍视斯威夫特企业集团的名誉。

"我不懂'你们所谓的海底横渡大西洋'是什么意思,"汤姆咬牙切齿地说,"但你要想说我们……"

另外一位官员紧张地打断了他,说:"也许我们应该借一步说话——别在公开场合。我建议进去聊。"

警察们开始着手阻挡新闻媒体。但还是有几位记者钻了进来,向直升机飞奔过去。那位没有说话的官员完全无视他们,将两个年轻人护送进了机场里的房间。这时,第一个开口的官员进行了自我介绍,说他是K国警察厅的检察官雷伯恩。

"审问是例行公事,对此我们也很抱歉。"他说道,"但是你们两人因伪造此次水下探险而受到了控告。不过,我们很想听听你们的陈述。"

"我们现在没什么可陈述的,"汤姆反驳道,"除非你告

第六章 汤姆·斯威夫特的替身

诉我是谁指控的我们。"

雷伯恩哼了一声，摸着他的胡子说："恐怕透露指控人的名字是不合制度的。简单来说，我们收到消息称，你们两个在公开出发后的第二天，又出现在肖普顿镇。控告人称你们后来上了一艘斯威夫特潜水艇，一路驶来，到了K国海岸才出舱入海。"

汤姆和巴德看着彼此，脑子里都想着同一件事。当时艾姆斯对媒体封锁了消息，使他们陷入了此般尴尬的境地！

"我们在第一次出发后的确返航了，因为我们的设备被人动了手脚。"汤姆承认，"这就是为什么我们会出现在肖普顿。为了保证我们的生命安全，第二次出发时我们并没有公开。"

这三名官员怀疑地看着他们。

"事实就这样！"巴德吼道，"我们第一次出发时，有人对我们衣服中的电池做了手脚。我们差点被淹死！之前就有人警告过汤姆，似乎是想阻止我们这次试验。"

"至于我们搭载潜水艇跨越海洋这种言论，"汤姆继续说，"简直是一派胡言。"

"你们有什么证据吗？"雷伯恩旁的一位官员平静地问道。

巴德突然喊道："等一下！也许我们能证明！三叉戟号潜艇现在到达K国核潜艇基地了吗？"

雷伯恩皱了皱眉，说道："呃，我看到报道说昨天有一艘潜艇到达，也许就是三叉戟号。怎么了？"

"它当时从我们身边经过，和我们通了话。核潜艇船长还派出了一个潜水员来见我们。"

雷伯恩和另外两名官员都惊呆了。他们急忙向潜水艇基地打电话询问情况。几分钟后，弗罗斯特船长接了电话。

"你问我那两个年轻人在不在潜艇里？"他重复了一遍问题，然后大笑道，"我敢向全世界保证他们不在！我的潜水员还用水下相机给他们拍了连续镜头，我可以发给你。"

雷伯恩面露尴尬，挂断了电话。"那个——呃——毫无疑问，这份控告是假的，"他含糊地说道，"对于这次令人不快的误会，我们感到很抱歉。"

然而汤姆还在担心这次控告。"弗罗斯特船长并不能证明我们穿越海洋的全程。"他指出，"除非我们能证实这五天我们都在海底，否则还会有人认为我们会有部分造假。"

突然，门外响起了争执声，紧接着一个胖乎乎的小个子男人闯进了房间。他锃光瓦亮的脑门两边有几缕凌乱的头发。"简直骇人听闻！令人震惊！不可理喻！"他怒声喝道，"这种无理的胡扯有什么意义？"

"弗罗比歇博士！"汤姆高兴地喊道。

一看到这两个年轻人，这个胖乎乎的男人立刻跑到了他们身边，说"亲爱的汤姆！还有你，巴德！对于这种不可容忍的冒

犯，我能说什么呢？又能弥补什么呢？"

"巴德，这位就是特伦斯·弗罗比歇博士，世上最伟大的海洋学家之一。"汤姆说道。

弗罗比歇博士转过身来面对这三位官员，他们仨都涨红了脸，脸上满是汗水。弗罗比歇博士质问道："你们已经傻到不知道斯威夫特企业集团就象征着最高诚信，象征着科学成就吗？不知道你们面前的这两人是征服海底空间的首创者吗？你们竟然还无理地控告他们欺诈！"

"这是个误会，先生。"检察官雷伯恩连忙说道，"现在都真相大白了。"

"还没彻底查清楚。"汤姆说，"弗罗比歇博士，我们的呼吸服中配备了水温记录仪、盐分记录仪，还有其他数据。我们从费林岛出发后，设备就开始记录了。您可以帮忙检查一下吗？我们的呼吸服就在直升机里。"

"深感荣幸。"

半小时后，弗罗比歇博士报告说："毫无疑问，这两个年轻人整整在水下待了五天时间！"

三个官员进一步表达了他们的歉意之后，汤姆和巴德决定去参加欢迎仪式。一听如此，有关人员立刻电话通知了相关部门。两个年轻人被专车接到当地市政厅，市长大人身着盛装，在欢呼的人群前迎接他们，向他们展示这座城市的核心。

到了市政厅后，午餐正式开始，席间不停有人提祝酒词、发表演讲。还有人为他们安排了电视采访，要大张旗鼓地宣传他们，但汤姆和巴德以需要休息为由，礼貌地推掉了那些应酬，乘出租车离开了。

巴德疲倦地喘了口气，说："和这些大吹大擂比起来，横渡大西洋简直就是小菜一碟。要是我再听些祝酒词，我就要直接晕倒在宴席上了！"

"我也是。"汤姆坦白道。酒店早已为他们安排了房间。到了酒店后，汤姆就去前台询问他们行李的情况。

"行李安然无恙，先生。你们的行李被直接送来这里。"两人注册登记时，酒店前台对汤姆说，"对了，有两位年轻的女士正等着你们。"

他们的后面传来了一个女孩咯咯的笑声，她说道："我们俩刚刚还听到好多有关你们两位英雄的新闻呢，现在竟然见到本人了！"

汤姆和巴德转过去，喊道："桑迪！菲利斯！"

桑迪·斯威夫特和菲利斯·牛顿看到他们俩吃惊的面孔，高兴地笑了起来。这两个十七岁的女孩穿着漂亮的夏装，美得仿佛刚从画中走出来似的。

"你们俩什么时候来的？"巴德问道。

"昨天飞过来的。"菲利斯说。

"好，好！这世界真小！"汤姆开心地笑道。

"太棒了！"巴德喊道，"现在我们大家都聚在这了！"

第六章 汤姆·斯威夫特的替身

"但是,大概只有一天时间。"汤姆说道。

"一天?"桑迪沮丧地说道,"我和菲利斯还想着既然现在项目已经结束,你们终于能迎来一个真正的假期了呢。"

"我们还得返回去调查一下我们遇到的那个海底地理构造。"汤姆说道。

"噢,汤姆!非去不可吗?"桑迪失望地看着他,说道,"在家时,你们俩总是忙得没时间出来约会。现在,我们专程挑时间来这里,就是为了和你们一起逛一逛,你们却又要离开我们了。"

汤姆轻轻地笑着,拍了拍她的手,说道:"别太难过,这次我们会搭载水陆两用直升机去,可能过不了几天我们就回来找你们了。"

两个年轻人要洗澡,先告辞了。到房间后,汤姆立刻给哈伦·艾姆斯打了一个越洋电话。

"干得漂亮,伙计!"艾姆斯打趣地说,"我们在电视转播里都看到了你们登陆的现场了。"

"你还错过了件搞笑的事儿呢。"汤姆反嘲道。接着,他向艾姆斯讲述了他们在机场的遭遇。艾姆斯听后十分愤怒,并保证不管是通过安全机构还是通过国际刑警组织,他都一定要查出来是谁控告他们欺诈的。

汤姆还给他讲了探险过程中那个诡异的通电拖网渔船。他通知艾姆斯迅速派"海洋猎犬"到K国。这个安全主任保证第二天下午这艘水陆两用直升机就能到达。

回到酒店大堂后，汤姆和巴德与两个女孩儿去附近的公园散步。他们经过一个茶室时停了下来。

"对了，汤姆，"菲利斯微笑着说，"昨天我们俩就见到你了。"

"昨天？但我们才刚到这儿啊。"汤姆困惑不已，问道，"你说的是电视新闻吧？"

"哦，当然不是——是你本人。我们甚至和你打了招呼，但你却对我们不理不睬。"桑迪半开玩笑地笑道。

"得了吧，你们到底开的什么玩笑？"巴德问道。

"不是玩笑，真的。"桑迪坚持说，"当然了，如果你们确定你们是今天才到的话，就只能说他是个冒牌货了，或者是个替身。也许我们应该回去看看他是否还在那儿。"

"一言为定。"汤姆放声笑道，"你吊起了我们的好奇心。"

四个年轻人乘了一辆出租车，上车后桑迪向司机小声地说了些话。

"没问题，小姐。"出租车司机笑道，"那地方一定能让他们不寒而栗！"

不到一会儿，出租车驶停在了一座建筑物前，建筑物的标牌上写着：蜡像博物馆。

第六章 汤姆·斯威夫特的替身

"蜡像博物馆!"汤姆不禁大笑起来,"你是说我在这儿?"

"对啊!你那么有名!"菲利斯说道。

买过门票后,他们走进了一个灯光昏暗的画廊,里面到处都是人形蜡像的怪影。

"那个出租车司机真没开玩笑!"巴德低声嘟囔道。

没过一会儿,他们停在了一座年轻人的蜡像前,这个蜡像留着平头,穿着一身航天服,手里还擎着一个宇航员的头盔。

"嘿!汤姆,这是你!"巴德倒吸了一口气,说道,"一定是刚放进来不久。"

"天啊!"汤姆低声说道,"这种和另一个自己面对面的感觉真诡异!"

这时,一个和父母一起参观蜡像博物馆的小男孩突然认出了汤姆。"快看!这是真的汤姆·斯威夫特!"他尖叫起来,"今天早上我在电视里看到他了!"

年轻的发明家汤姆和他的同伴们很快就被一群敬慕者包围了。头发灰白的蜡像博物馆馆长也急忙过来见他们。

"您的蜡像一直都是最受欢迎的蜡像之一,今天您能来参观蜡像博物馆,我们深感荣幸!"馆长说道。他与汤姆握了手,退后一步,抬起头将蜡像和汤姆比较了一番,说道:"要我说的话,这座蜡像还不错,对吧,先生。毕竟它是我们比

照图片做的。"

"简直惊人地相似。"汤姆说道。

听到汤姆的话,馆长的眼中闪过一丝光,问道:"您愿意保管它么?"

汤姆惊讶地扬起了眉毛,问道:"你是说让我把它带走?"

"没错。如果您和巴德先生愿意让我们参照你们本人做一次蜡像,我们就可以把这座蜡像送给您。"

在两个女孩儿的软磨硬泡下,汤姆和巴德最终同意明天早上来蜡像博物馆,让工作人员比照他们本人做蜡像。

"太好了!"馆长满意地笑道,"今晚闭馆后,我就把这座蜡像给您送过去!"

出了蜡像博物馆后,这四个年轻的A国人又在四周游览了一下。接着,他们回到了酒店,准备吃晚餐。

酒店的晚餐是烤牛肉和布丁,正当他们享用这顿丰盛的晚餐时,桑迪突然喊道:"快看,菲利斯!我们在飞机上遇到的那个人!"

一个大约三十岁的年轻男人走了过来,他长着一副瘦长面孔,身材也高高瘦瘦,黑色的头发平整地贴着头皮,手里握着一个公文包。

"真高兴再一次见到你,斯威夫特小姐——还有你,牛顿小姐！"

两个女孩礼貌地笑着，接着桑迪将他介绍给了汤姆和巴德。"崔斯坦·卡洛先生……这是我哥哥，汤姆，这是巴德·巴克利。"

一阵握手寒暄后，卡洛不知趣地拽了一把椅子过来坐在了他们身边。"坦白来讲，斯威夫特先生，我一直都希望能见到您。"他说道，"我有一个能助您发财的建议。您可以看一看，我关于海底的新发明——"

他打开公文包，拿出了一些设计图。汤姆尽力做出一副饶有兴趣的样子，而巴德的脸上则写满了冷漠。

这时，一个穿着制服的服务生进入了餐厅。"汤姆·斯威夫特先生是哪位？"

汤姆向他招手示意。

"一封越洋电报，先生。"服务生端过来了一个托盘。

汤姆打点了他小费，打开了这封来自哈伦·艾姆斯的电报：

控告你们欺诈的人是A国工程师崔斯坦·卡洛

第七章 一通越洋电话

汤姆不禁怒火中烧。这样看来，那个置他们两人于尴尬境地的人就是崔斯坦·卡洛！这位年轻的发明家现在就想跃过桌子，把这张电报甩到卡洛脸上，但他极力抑制着自己这种冲动。汤姆决定，先看看他怎么解释。说不定了解一下他正在想什么还挺有用的。

巴德和两个女孩儿都很好奇电报的内容，但他们非常机智，没有问下去。而卡洛的表情也暴露了他对电报内容的好奇。

"不好意思打断了你，卡洛先生，"汤姆丝毫不带感情色彩地说道，"请继续。"

"好的！那我就继续了，我已经研发出来了一个海底电视设备，可以在海底任何深度中测探物体方位。"卡洛高昂自信地回答道，"你懂我的意思了吗？"

"我不确定。"汤姆说着，保持一脸茫然，"还是你自己告诉我吧。"

"怎么会不懂，这个设备将给海上打捞带来无法计量的价值！有了它，就可以在世界海洋里的任何一个角落定位到每一只沉船！"卡洛那暗褐色的瞳孔闪现着激动之情，"海底的任何财宝，都逃不过这个水下摄像机的眼睛！"

"可是这和我有什么关系吗？"汤姆问道。

"斯威夫特先生，我希望能和贵公司建立合作关系，共同开发这个设备。一直以来，我都在试着说服A国的官员，但是那些笨蛋们太蠢了，根本不在意这个设备的价值。你不一样——你很有眼光，"卡洛顿了一下，等他们理解，接着激动地说道，"保守估计，我们可以获利上百万！"

"我明白了。"汤姆拿出了电报递给卡洛，说，"既然你想邀请斯威夫特企业集团和你建立合作关系，那你能解释一下你控告我和巴德欺诈，损毁我们名誉的原因吗？"

巴德和两个女孩倒吸了一口气。卡洛脸色惨白。看到电报后，他又双颊通红。

"我知道你们在想什——什么。"卡洛结结巴巴地说道，"但当时我认为这是正义之举。你看，你们出发后的第二天，我就在肖普顿看到了你们从一家餐厅中走出来，而且当时没有任何新闻报道项目取消，所以我就认为你们欺骗了大众。后来，我以为你们是乘潜水艇出发的。不过现在我明白了，是我误会了你们。我道歉。"

"很好。我接受你的歉意。"汤姆说道，但事实上他已经不再信任眼前这个人了。

"太好了！那我们继续谈公事。如果你愿意看看我的草绘图纸的话。"卡洛边说边从公文包里拿出了一捆图纸。

汤姆摇了摇头，说道："不好意思，恐怕我们没有兴趣。斯威夫特企业集团在海底探测方面已经拥有丰富的设备了。而且，为了避免专利侵权诉讼的风险，我还是不看你的图纸为好。"

"专利侵权诉讼？"卡洛十分震惊，"那是不可能的！我相信，你不会窃取我的创意的！"

"谢谢，但我实在不感兴趣。"

卡洛站了起来，气得浑身发抖，他把图纸塞回了公文包里。"这就是你的态度！"他咆哮道，"我早该料到，伟大的汤姆·斯威夫特那么愚钝，那么自我，他才不会承认别人的好发明！"

"冷静点，先生。"巴德平静地说道。

卡洛的脸愤怒地扭曲了起来。他握紧了拳头，像是当即就要给巴德一拳——但是打量了巴德那结实的身材后，似乎觉得还是不动手为好。

"你一定会后悔这么对待过我的，斯威夫特！"他喘着粗气说，"我警告你——你会后悔的！"说完，他大步离开了餐厅。

"这人真讨厌！"菲利斯气愤地颤抖着。

第七章 一通越洋电话

"的确，"汤姆赞同道，"不过别因为他毁了咱们的晚餐。"

吃完饭后，两个年轻人早早地回到了房间，准备好好休息一晚上。这时，汤姆接到一个电话，说是蜡像馆已经把蜡像送到酒店了。汤姆本来想把它放到酒店的行李间里，但他突然改变了主意。

"请送到房间里。"他对接线员说，然后冲着巴德笑道，"我想再看看我的替身。"

他们两个打开装蜡像的板条箱后，发现蜡像身上穿着一件运动T恤和一条宽松裤子。箱子里还有一封馆长的信，上面解释道他留下了那套航天服，以便给新蜡像穿上，希望汤姆能理解。

"哇，这蜡像简直栩栩如生！"巴德称赞道。

第二天早上，他们吃完早餐准备回房间，结果刚下电梯，就听到走廊里传来了一声刺耳的尖叫。他们急忙跑去调查情况，尖叫声持续不断。

"声音是从我们的房间传来的！"汤姆喊道。

两个年轻人连忙跑进房间。房间里，一个面色惨白的女服务员正站在板条箱旁边，她看上去极度惊恐。回头看了汤姆一眼后，她直接倒在了地上。

"天哪！她昏倒了！"汤姆无可奈何地说道。

"也难怪，她刚刚看到鬼了。"巴德咯咯地笑着。

人群都聚集在了他们门口,汤姆极为尴尬地向大家解释道,发生这件事是因为这座雕像。一个女人很快就把女服务员救醒了。

"唔!它真是我这辈子遇到的最恐怖的事了。"这名女服务员喘着气说道,"我还以为那座蜡像是您的尸体呢,斯威夫特先生,而您本人是个鬼魂!"

接着,两个男生就和桑迪、菲利斯一起打车去了蜡像馆,他俩为自己的蜡像量好了模板,准备将来摆在博物馆内。

测量结束后,桑迪看着他们俩尴尬的红脸颊,咯咯笑道:"你们俩看上去就像是煮熟的龙虾!"

"我感觉也是!"巴德说道。

"这全是为了供后人来欣赏的,先生们。"馆长说道。

这时,汤姆想起来A国和K国之间存在时差,他想也许公司那边会在凌晨打电话给他。所以他决定在和巴德他们三人去观光之前,先检查一下有没有漏接的电话。在得到博物馆的许可后,汤姆用馆内的电话打给了酒店,询问前台上午有没有人留消息给他。

"有的,先生。"前台回答道,"刚刚有一个来自A国海军的越洋电话,是海军上将霍普金斯打来的。他说了在K国时间下午一点的时候,他会再打过来。"

汤姆若有所思地挂断了电话,向巴德他们解释道:"巴德,你先带桑迪和菲利斯去她们俩说的那个饭店。我和海

军上将聊完后，会在酒店简单地吃些午饭，然后我们再见面。"

"一边一个！左拥右抱！"巴德笑道，"伙计，我太荣幸了！"

汤姆打车回到了酒店。没过一会儿，电话总机操作器响了起来，是海军上将霍普金斯打来的电话。

"汤姆，你一定已经听说百夫长号沉船事故了吧。"海军上将问道。

"没错，上将，简直令人震惊。"

"船上装载的金子共价值十五万美元。"霍普金斯说道，"而且那尊闻名世界的提洛阿波罗雕像是国家级艺术珍品，雕像的祖国对于这次损失十分失望。所以，为了不让它永远沉在海底，K国海军已经接到命令，开始执行百夫长号深海打捞任务。"

"任务进行得怎么样了，上将？"汤姆问道。

"过去五天里，我们的潜艇一直在探测沉船的方位，但是毫无成果。"

"要是用上我们研发的水陆两用直升机和胖人装备的话，斯威夫特企业集团也许可以帮得上忙。"汤姆提议道。胖人装备是一个酷似人形的移动潜水装置，活像一个长着机器人四肢的钢蛋，能在深海水压中胜任各种操作。

"我正希望你这么说呢，汤姆。"海军上将霍普金斯感激地说道,"海军部门坚信,只有你那先进的水下装备才能胜任此番任务。"

"'海洋猎犬'大概今天下午就能到达K国首都机场了。"汤姆说道,"它一到达我就可以出发。"

汤姆记下了百夫长号的沉船海域后,挂掉了电话。为了在'海洋猎犬'到达后及时接收消息,他决定打开他的双路铅笔型无线电装置。接着他安排运输公司把装着蜡像的板条箱运送到机场。

去吃午饭时,汤姆在大厅停了下来,和前台讲了运输板条箱的事儿。当汤姆与前台对话时,他注意到了一个瘦高结实的男人,那人的面部肤色被晒成了棕褐色,正坐在附近的一个椅子里看着报纸。汤姆察觉到这个陌生人一直在偷听他和酒店前台的对话。

"他的脸看起来真熟悉。"汤姆想着,"他到底是谁呢?"

汤姆进了餐厅。午餐是烤羊排和苹果馅饼,汤姆快速吃完了饭。然后他穿过大厅,准备上电梯回房间。那个看报纸的男人并没有挪窝,他迅速地瞥了汤姆一眼。

"那家伙到底是谁呢?"汤姆满心困惑,"我之前肯定见过他。"

上了电梯后,汤姆还在反复琢磨着那人的身份。到了房间后,他准备打个小盹。也许,汤姆想着,上次见到这个男人时

他穿的和今天不太一样,或者是他原来留有胡子。

"胡子!"汤姆突然坐了起来。"我在费林岛的记者见面会上见过他——他当时的确留有胡子!乔指认的那个从我实验室里出来的人也有胡子!"

汤姆从床上跳了起来。"我打赌他就是那个以温努图·吉劳德的名义混进来的假记者!我得下去和他聊聊!"

就在这时,电话响了起来,汤姆接起电话。

"两个货车司机准备来取货物了。"接线员说道。

"哦,好的。请他们上来吧。"

汤姆等得极不耐烦。过了一小会儿,门外响起了敲门声。两个穿着制服的货车搬运员站在门外。

"我们是来取板条箱的,老板。"

汤姆让他们进来,说:"就在那儿。"

当他转过身去指板条箱给搬运员看时,他的后脑勺突然被重击了一下。汤姆呻吟了一声,便失去意识,倒在了地上。

第八章 搜索

下午两点半多左右,巴德和两个女孩回到了酒店。桑迪和菲利斯想先回房间梳洗一番。

"我们十分钟后就回来。"桑迪承诺道。

"好的,我会计时的。"巴德笑着看了一眼腕表,说道,"我去叫上天才,一会儿我们一起在大厅等你们。"

巴德上了电梯,来到了他们那一层。他一打开门,就看到了汤姆背对着他站在窗边。

"我们回来了,伙计。"巴德说道,"你接到海军上将霍普金斯的电话了吗?"

汤姆还是看着窗外。

"得了,得了,教授!别再沉浸在你的科学世界里了!"巴德咯咯笑着,向他的朋友大步走去,拍了拍他的背。

令巴德大吃一惊的是,他眼前的这人竟直挺挺地向窗户倒了下去!要不是他眼疾手快抓住了这人,这人就直接掉下去了。

第八章 搜索

"天啊！这是个假人！"巴德反应过来。这诡异的发现，惊得他后颈发麻。接着他仔细观察了一番。"老天，这是汤姆的蜡像。我刚刚一定跟那个女服务员一样可笑！"

巴德环顾四周，喊道："好了，你这个滑稽演员，你的小把戏成功了！现在出来尽情地嘲笑我吧！"

安静无声。

巴德走到壁橱边，猛地拉开壁橱门，里面却是空空如也。浴室也一样。巴德又趴下来在床下寻找，他觉得自己不能再蠢了。很明显，汤姆根本不在房间里。

"除非他把自己当蜡像藏到了板条箱里。"巴德突然想到，"应该就是这样——聪明的家伙。"

但是他站起来后，却发现板条箱也不在房间里！他突然警惕了起来。

"这儿到底发生了什么？"巴德咕哝道。他打给了酒店前台："你知道斯威夫特先生出去了吗？"

"我记得我没看见他离开过。请稍等片刻。"酒店前台检查了钥匙，说道，"不，先生，他的钥匙并没归还，我想他应该还在酒店。事实上，就在货车司机过来时，我还和斯威夫特先生通过电话呢。"

"什么货车司机？"

"那些准备送板条箱到机场的货车司机。"

巴德心中一沉，问道："他们带走板条箱了吗？"

"现在应该已经带走了，先生。他们用的是工作电梯，所以我没有看见他们离开。"

"你能帮忙确定一下吗？拜托了。"

"当然可以，先生。"前台听上去十分困惑，问道，"出什么事了吗？"

"我不知道。我马上下去和你讲。"

挂了电话后，巴德在房间里踱来踱去，想着该怎么办。最后，他打电话给了桑迪。女孩们和他在大厅见了面。

"巴德，汤姆可能出什么事了？"桑迪焦急地问道。

"不好说，也许他是自己出去了，我猜测。但是板条箱被带走了，而蜡像不在里面实在是有些说不过去。"

刚才和巴德通话的酒店前台示意他们过来。"先生，门童说大概在十五或是二十分钟前，两个货车司机搬着一个木制的大板条箱离开了。"

"噢，巴德！"桑迪的声音在颤抖。她问道："他们是不是用板条箱把汤姆绑架了？"

"我当然希望不是，但我们还是尽快去查清情况吧！"

菲利斯脸色惨白，她将桑迪抱入怀中。巴德给机场打了电话，得知汤姆的水陆两用直升机还没有到达。这样看来，这位年轻的发明家不通知他们就擅自离开，是不可能的。

巴德挂掉电话后，向酒店前台问道："那两个货车司机来自真正的运输公司么？"

第八章 搜索

前台皱起了眉头,说道:"我确实知道斯威夫特先生在等他们。等一下!我在他们的制服上看见过名字——帝国运输有限公司。"

巴德打给了运输公司。一名调度员确认了他们的确向酒店派过一辆货车。

"先生,如果您需要的话,我可以用无线电信号呼叫他们。"

"请呼叫他们。"巴德请求道。

过了一小会儿,调度员向巴德报告道:"没有回应,先生,但我会一直尝试呼叫。"

巴德记下了有关货车形象的描述还有车牌号。然后他给当地警察局打了电话,要求检察官雷伯恩接电话。

这位检察官听完巴德的叙述后,说道:"我现在就派一辆警车去你们酒店,同时我会通缉那辆货车。"

警车很快就到了酒店,里面坐着一名探长和两名警察。他们仔细询问了酒店职员当场情况,但是除了一些有关货车司机的模糊描述以外,他们一无所获。巴德问,他和两个女孩能不能和他们一起回警察局。

"当然可以,先生。"探长沃恩回答道。

他们刚被领到雷伯恩的办公室,雷伯恩就站起来迎接了他们。"恐怕目前情况不容乐观。"他说道,"我们已经找到货车了。它被抛弃了,就停在那里。"

桑迪倒吸了一口冷气。"那两个司机呢,还有那个板条箱呢?"她紧张地问道。

"我们在里面找到了真正的货车司机,女士。他们俩被捆了起来,嘴里还塞着东西。但是车里没有板条箱。我想,去酒店的那两个司机一定是冒牌货。"

没过一会儿,一名警察带着两个身材健壮,穿着工作服的人进入了办公室。他们自我介绍说他们才是帝国运输公司的职员弗雷德·布里斯托尔和阿尔夫·哈维。

"是这样的,先生。"布里斯托尔说道,"当时我们把车停在酒店后面,突然一个男人持枪跳了出来。他一句话都不啰唆,直接告诉我们打开货车爬到里面。看得出他是来真的,所以我们就照做了。"

"你能描述一下他吗?"雷伯恩问道。

"穿着得体、身材高瘦,肤色和体形看上去都十分健康。"

"而且他说话时还带点外国口音。"布里斯托尔的同伴接着说道。

雷伯恩点了点头,说:"继续说。"

"嗯,然后,出现了两个表情严肃的家伙。"布里斯托尔继续说道,"他们和我们一起进入了货车,穿上了我们的制服,后来把我们捆起来了。紧接着那个持枪的男人对他们说道'呃,你们知道干什么——动手吧!'"

"然后发生了什么?"雷伯恩问道。

第八章 搜索

"刚开始他们把我们放倒后,用帆布盖住了我们。接着那个持枪的男人在这边放哨,那两个家伙离开了,我猜他们是去了酒店。过了一会儿,他们回来后往货车里装载了些东西。"

"那个装着汤姆的板条箱!"巴德低声说道。

布里斯托尔耸了耸肩,说道:"我们的确什么都没看见,先生。但在他们卸载的时候,我们听到了不远处的轮船汽笛声,所以那里很有可能是河边的某个仓库。听起来好像到处都是码头的喧闹声。"

后来,这个货车司机讲道,车被开走后就停在了那里。他和他的同伴没有能力自己松绑。直到一辆警车发现了他们,警察才给他们松绑。

听完他的话,巴德和两个女孩都心急如焚。

"汤姆在被塞进板条箱之前一定是被打晕了或是被下了药。"菲利斯分析着,努力不掉出眼泪。

"也许绑架者计划用船将他送出K国!"桑迪哽咽得快要窒息了,"要是我们有一些明确的线索也好!"

"别担心,"检察官雷伯恩慈祥地拍了拍她,说道,"K国警察和港务局都会协助我们搜寻你哥哥的。想要把他从这里运走可不简单。"

这位检察官开始下命令时,电话响了起来。雷伯恩的部下接了电话。

"是找你的,巴德先生。"

打电话的人是和蔼健壮的汉森,他是一位天赋异禀的技工,曾帮助汤姆修建了许多试验模型。亚弗说他已经驾驶着"海洋猎犬"从费林岛来到了K国,准备好执行任务了。他说在联系了汤姆的酒店后,酒店人员让他联系警察局,说是巴德在这儿。

"汤姆失踪了,亚弗。"巴德连忙向他解释了当前情况,"你和船员先做好准备,我们有消息会通知你的。"他挂断了电话。

突然,桑迪的眼中闪过了一道光。"巴德!汤姆会不会为了得到"海洋猎犬"的消息打开他的双路铅笔型无线电装置?"她问道。

巴德点了点头,说道:"会的。亚弗说了,在他打给酒店之前,他们一直在联系汤姆,但是却没有回应。"

桑迪转过来对着雷伯恩说道:"检察官,我有一个主意!如果汤姆的无线电装置开着,那你们的警察发报员在斯威夫特企业集团的特定电频上发出持续不断的喧闹音调后,会不会在离板条箱还有一段距离时就能听到信号了。"

"桑迪,你太厉害了!"巴德激动地喊道,"板条箱现在说不准就在某个码头上,信号发出的噪音可能会帮我们找到汤姆!"

"啊!你说到点子上了,斯威夫特小姐。"检察官雷伯恩赞同地说道,"信号发出后,我会派出所有可派人员沿着附近的河逐一搜查每个仓库！"

这名检察官记下了斯威夫特企业集团的特定频道，然后抓起电话下达了任务。巴德和两个女孩坐了下来，焦急地等待着结果。

第九章 海底之峰

杰克·斯韦辛斯是河边仓库的工头。一天的辛苦工作后，杰克正倚着桌子打瞌睡。忽然，一个仓库工人过来摇醒了他。

"嗯嗯，怎么了？"杰克咕哝道。

"你没听到吗？"

"听到什么？"

"那噪音。"

这个工头仔细听了听。从仓库外的码头上传来了一阵喧闹声，那是一种刺耳的杂音。"这声音是从哪儿来的，比尔？"

"从那个装载到钱奈尔货船的板条箱里传出来的。你最好过去看看。"

杰克从椅子里站了起来，陪着另外那人一起走过了仓库昏暗的过道。在一个木制的大板条箱前面围着一群工人，当他们俩靠近这些人时，噪音变得更大了。

"这到底是怎么回事？"杰克咆哮道。

"我们还想问你呢。"其中一名工人反驳道,"嘿,里面也许有炸弹。"

杰克皱着眉头,拽着自己海象式的胡子。"这并不是炸弹的嘀嗒声,是一种嗡嗡的声音。"

"你怎么知道原子弹是怎么响的?"

"原子弹?"这个工头惊得合不拢嘴,"哎呀,我从来没想到过这回事儿!"

杰克大步走回了他的桌旁,翻着装载记录。这个板条箱应该于今晚在普尔码头装载,通过一艘小型货运船运到L国,收货人是吉恩·福格安。记录显示箱子中装的是东方地毯,发货人为穆斯塔法地毯公司。

杰克又去查阅说明目录,他那香肠般的手指在目录上反复检索着,但却没有找到这个公司!杰克不禁冒了一身冷汗。

不一会儿,一辆警车拉着警笛来到了外面的装载码头。两个警察从警车中跳了出来。

"这噪音是哪儿来的?"其中一名警察问。

"你们来得正好!"杰克喘着粗气,说道,"那边有一个板条箱里面装着原子弹!"

"带我们去箱子那儿!"一个警察命令道,接着又冷冷地说了一句,"我让你看看箱子里面到底是什么,老兄!"

几分钟后,检察官雷伯恩办公室的电话响了起来,他急忙抓起电话。桑迪、巴德还有菲利斯在一旁屏息等待着结果。

"你的计划成功了，斯威夫特小姐——我们的人找到你哥哥了！"

"噢，感谢上苍！"桑迪差点流出了欣慰的眼泪，"他还好吗？"

"我希望他还好，小姐。"雷伯恩说道，"他现在躺在板条箱里，意识不清——明显是被下了药。救护车已经在路上了。我现在就派司机送你们去医院。"

半小时后，这三人向一个刚检查完汤姆身体的年轻医生问起了情况，他为人十分亲切。

"他确实是被下了药。"医生告诉他们，"但是现在他呼吸正常，身体状况良好，所以我们决定让他通过睡觉来自然恢复，到明天早上他就完全康复了。"

在他们离开之前，检察官雷伯恩来到了医院。

"幸好你想到了无线电信号，斯威夫特小姐。否则今晚这个板条箱就要装载上船了。到午夜时，船已经驶离，前往L国了。"

"查出关于货主的线索了吗？"巴德问道。

"还没有。货主使用的是假名。"这个检察官迅速瞟了巴德一眼，问道，"有没有人对汤姆怀恨在心？"

"会不会是那个控告我和汤姆欺诈的卡洛？"巴德提到，"喔，没错，我们已经知道那个控告者的名字了。"看到检察官脸上吃惊的表情，巴德问道："你觉得会是他干的吗？"

雷伯恩点了点头，说道："我们第一个想到的嫌疑人也是他，但是酒店说他今早就退房回A国了。"

第二天早晨，汤姆已经完全恢复了。巴德他们三人来到医院时，汤姆早已穿戴整齐，正在和检察官雷伯恩说话。

"汤姆，告诉我们到底发生了什么。"巴德恳求道。

汤姆向他们讲了在酒店里发生的事：两个冒牌货车司机进了房间后将他打晕。"我在酒店大堂遇到的那个男人，他可能是听到了我和酒店前台的全部对话，知道我叫了货车来搬运蜡像。"汤姆接着说道，"然后他就与其同伙，趁我吃午饭时安排好一切。"

检察官雷伯恩确认了时间点，说道："船运中心说，他们大概在一点接到了一个有关板条箱的紧急电话，来电话的人承诺会在船靠岸时把货物及时送到。"

他继续说道，汤姆对那个窃听者的形象描述，基本与劫持卡车的持枪歹徒外形吻合。

"穆斯塔法地毯公司——根本不存在。他们声称箱子里装着东方地毯，但是我搞不懂的是，就算这样，箱子也无法通过L国海关啊。"

汤姆皱起眉头，若有所思地说道："我肯定这个未知的敌人准备在运输途中劫持板条箱，至少是在板条箱到达L国之前。"

"应该是这样的。"检察官雷伯恩赞同道，"L国那边收件人的名字是吉恩·福格安，没有地址。按理说板条箱到达之后应该由他认领。"

"吉恩·福格安？"桑迪喊道，"在L语里，就代表着约翰·史密斯。"

检察官猛然惊醒，他冷笑道："也就是说，他也不存在。斯威夫特小姐，你的侦查能力真强。对了，昨天早上崔斯坦·卡洛确实上了一架飞往A国的飞机。"

"昨晚我已经把事情经过都向我们的安全总管报告过了，"巴德说道，"他会去调查卡洛的背景。"

最后，检察官雷伯恩站起来准备离开。"先生，自从你来到这里，已经有两次不愉快的经历了。"他对汤姆抱歉地说道，"不过我相信你不会因此而对我们产生偏见。"

这个年轻的发明家笑道："相信我，我很感谢你们K国警察办事的高效率。你们救了我的命。"

这个检察官转过来对着桑迪说道："斯威夫特小姐，如果你有意愿做一名女警察的话，我希望你能优先选择我们警察局。"

桑迪笑出了酒窝，说道："谢谢，也许我会的。"

巴德已经把蜡像重新装进了板条箱里，而且他和汤姆的行李也被送到了机场。他们俩和两个女孩从医院出来后，直接打车离开了。

"桑迪和我都不希望你们离开。"在汤姆他们两个登上"海

洋猎犬"时,菲利斯恋恋不舍地说道。

汤姆问道:"你们俩要去L国首都?"

桑迪说:"对,爸爸的朋友莱格荣教授和他太太邀请我们去拜访。"

"噢,他就是索邦学院的物理学教授。我们这次执行百夫长号打捞任务可能会很忙,但也许我们能抽空去L国首都和你们待上一两天。"

"我也希望如此!"巴德说道,他注视着桑迪的眼睛,脸上一片绯红。

"海洋猎犬"是汤姆设计的一架体型庞大、机身光滑的水陆两用直升机。它那原子涡轮驱动的密封式旋转轴十分有力,可以直接将船变成直升机。旋转轴回旋时,可以潜到海底的任意深度。海空两种模式都由喷射器推动。

他们俩刚爬进舱门入口,一个头顶光秃,身材矮矮胖胖的人就兴奋地冲出来迎接他们。"头儿,见到你真是太好了!"

"乔,你这个老土豆削皮器!"

乔看上去就像一只闷闷不乐的熊妈妈,他说:"汤姆,你可把我们吓坏了,就这么被绑架了!"

"吓坏我们的是他穿的那件衣服。"亚弗·汉森眨了下眼睛,指着乔身上那件艳红色的牛仔T恤,继续说道,"恐怕他都快要把走廊点着了。"

"安全起见,要不我们现在就把他熄灭吧。"巴德伸手去

第九章 海底之峰

拿了一个灭火器。

乔怒喊道:"别来这一套。你们这些人,就见不得我时尚!"

汤姆轻轻地笑着,走到了操作间。他和巴德透过客舱窗户对着桑迪她们挥手告别。接着,飞过机场的高塔之后,汤姆加大原子涡轮机的转速,驾驶着"海洋猎犬"向蓝色的海洋飞去。

很快,他们飞到了大西洋上方,地平线消失在他们的视野之中。巴德在和船员们开着玩笑,而汤姆则在一旁沉默不语,他脑海里一遍遍回想着这些谜团。

为什么他会被绑架呢?究竟是哪个神秘敌人想要破坏他和巴德的呼吸服呢?还有崔斯坦·卡洛秘密损毁他们两人的名誉,以及他受到的威胁和这一切又有什么关系呢?

"我们快到了,是吧?"亚弗·汉森问道。他正在研究那张汤姆标注了沉船位置的水道图表。

汤姆打开了自动导航仪上的刻度盘,看了看经纬度,说道:"就快到了。"接着,他切断了喷射器,驾驶着"海洋猎犬"缓缓潜入大西洋。"准备潜水!"汤姆一边说,一边开始回转旋转轴,收回前进轮,这架水陆两用直升机垂直潜入了海里。

海水由海平面上明亮的蓝绿色逐渐变成灰色。他们下降到了上百里深的海洋深处,阳光已经照射不进来了,这片海域充斥着永恒的黑暗。深海中种类奇怪的深海鱼闪烁着冷光,从周围游过。汤姆打开了搜索灯。

最后，伴随着一声撞击声，"海洋猎犬"下沉到了海底。汤姆扔出了一根杠杆，在船体下面扩张出一条履带胎面，开始以搜索模式驾驶。

汤姆问道："声呐系统有什么发现吗？"

"目前什么都没有。"声呐员回答道。

汤姆在这片海域仔细地搜寻了两个小时，接着他收回了履带胎面，放慢旋转轴速度，使船体慢慢地从海底升起。发动喷射器后，"海洋猎犬"开始在海域内大范围地来回搜索，但仍没有搜到沉船的信号。汤姆和他的船员都陷入了困惑。

"会不会是百夫长号的导航仪搞错了位置。"巴德问道。

汤姆耸了耸肩，说道："导航仪上可能会出现一点小差池，但在当时，乘客和船员基本都是在这个无线电信号附近被救起的。"

大概过去了二十四小时，"海洋猎犬"不仅用上了声呐系统，还用上了老汤姆的水下金属探测仪，他们一直在坚持搜索，但却一无所获。汤姆十分懊恼，最终决定放弃这次搜索。

"要是'海洋猎犬'真是一只猎犬就好了。"他们向西行驶时，巴德闷闷不乐地说道，"这样我们就可以闻着味道找到沉船了。"

汤姆若有所思地看了他的朋友一眼，说道："伙计，你说得对！"

他们返回费林岛之前，汤姆非常渴望去调查一下之前他和巴

德遇到灯光的那座海峰。当他们到了那里，声呐系统显示附近并没有船舰，但为了验证这一事实，汤姆又浮上水面用雷达检查了一遍。很明显，那个通电的拖网渔船已经不在这片海域了。

再次潜入水中后，汤姆驾驶着船体接近了海峰，并用黄色的强光扫过这片海底地形。"巴德，这是一座海底平顶山！"

"一座平什么？那是什么？"

"一种顶部平坦的海底死火山。"汤姆解释道，"海洋学家称在大西洋和太平洋中有很多海底平顶山。他们是以普林斯顿教授命名的。"

"它们怎么会有平顶呢？"

汤姆笑道："有一种猜测称，在海底数百年的打磨后，顶峰已经被磨平了。"

汤姆把"海洋猎犬"停在了这座海底之峰的顶端。然后他和巴德换上了呼吸服，通过船舱的气塞进入了大洋。这两个年轻人分头行动，观察四周。

这座海底平顶山的边缘地带有许多沉积的大石头。巴德意识到他和汤姆已经离得太远了，而且他现在已经潜得太低，看不清他们刚才看到的海底之峰了。突然，他的耳麦里传来了汤姆激动的喊声：

"我们没有看错，巴德——这儿的确发生过什么！我刚刚找到了一个线索！"

第十章　猎犬实验

巴德快速游到了他朋友身边。汤姆手里正拿着一个便携式海底灯笼。

巴德喊道:"这就是我们看见的灯光之一!当时一定是有潜水者在这里拿着灯笼!"

"没错。"汤姆赞同道,"而且他们当时做的事情一定很重要,否则那个带电的拖网渔船也不会一直守着这座平顶山。"

回到"海洋猎犬"后,汤姆仔细检查了他的新发现。

"这是个水银短弧灯,配备镉电池。天啊,巴德,它太强大了!"

"以前见过这种东西吗?"巴德问道。

"见过类似的。幸运的话,我们能查到它的来源,不过现在我们要先返程。"

"海洋猎犬"到达费林岛时,已经接近傍晚了。基地的技师还有火箭机员们一窝蜂涌到了水陆两用直升机这边,来欢迎

这两位潜航员。

"给我们留点空气，伙计们！"巴德开着玩笑恳求道，"我们的氧气供应不够用了！"

这两个年轻人最终挤出了人群，坐上"旋转小鸭"——汤姆的一架喷气式直升机——和乔一起飞到了斯威夫特企业集团。无线电广播早已发布了他们要回来的消息。现在，这个庞大的实验站里到处都是欢呼的职员。斯威夫特先生和海伦·艾姆斯把这两个潜航员从人群中带了出来，然后他们开着吉普车来到工厂的安保室，准备开一个小型任务报告会。

"感谢上苍！还好这次我们不用面对记者了。"汤姆笑着说道。

斯威夫特先生答道："过去的二十四小时中，哈伦一直在与他们拖延。他们现在正等着报道两件事——你的横渡大西洋之旅和百夫长号沉船打捞计划。"

他们到了安保室后，艾姆斯进一步解释道，现在A国政府那边已放出官方消息，说汤姆·斯威夫特会负责本次打捞行动。"从那以后，记者就一直在缠着我们，但是直到现在为止，我们只放出了一个你爸爸写的简信。"

汤姆看了简信后，赞同地点着头，说道："我也同意。在知道敌人的真实动机之前，我们说得越少越安全。事实上，我都不知道我要负责这次打捞行动。"

这位年轻的发明家向老汤姆以及艾姆斯讲述了他被绑架的

经历，也给他们看了他在海下找到的灯。艾姆斯承诺他会通过制造厂商查明线索的。

"我已经查过崔斯坦.卡洛了。"艾姆斯接着说道，"他在不少公司都打过工，但从来没在任何一家公司里待上一年。那些公司都说他很聪明，但是完全是个疯子。"

"好吧，听起来跟我们的汤姆差不多啊。"巴德说道。

艾姆斯笑道："最近卡洛新建立了一家咨询工程师公司——一个小型事务所，没有职员。目前没有违规记录，但由于客户不满意，他正身陷一些法律纠葛中。最精彩的是，机长——有一些报纸散播谣言说百夫长号沉船打捞计划将由他负责。但是我调查后，却发现散播谣言的人正是他自己。"

汤姆吹着口哨，说道："有点意思。我会问问A国海军那边对他了解多少。"

斯威夫特先生说道："对了，儿子，百夫长号沉船的打捞计划你准备得怎么样了？"

"现在毫无进展，爸爸。但是巴德给了我一个点子，我想我可以发明一个能在水下追踪物体的设备。"

"你是说你对"水下猎犬"那事儿是认真的？"巴德喊道。

"当然，我觉得很有可能成功。"

"难道真的有东西可以在水下闻着气味去追踪么？"艾姆斯半开玩笑地问道。

第十章 猎犬实验

汤姆解释道:"我们假设它可以探测到这种踪迹。事实上,任何一种物体在水中,都会留下模糊的化学痕迹,这种痕迹的可探测度十分高。比方说,鲑鱼可以闻出并且尝出它们产卵地的淤泥的气味。这也就是为什么它们能顺着小溪逆流而上,游到它们产卵地的原因。甚至是在一百万个水分子对一个淤泥分子时,它们也能找出栖息地的淤泥。"

"哇!它们的嗅觉真厉害。"巴德低声说道。

"采取现代技术手段,我们都可以使鲑鱼的鼻子看上去更灵敏。"

斯威夫特先生若有所思地皱着眉,说道:"这是个好主意,儿子。在这个过程中一定会出现许多有趣的技术问题。"

汤姆立即打电话给海军上将霍普金斯,报告了事情的进展情况。海军上将和汤姆一样困惑,他们都不清楚百夫长号沉船的下落。

"我确信导航仪上显示的位置是准确的。"霍普金斯说道,"我们知道救生艇搜救的经纬度,把漂移的因素也考虑进去后,得到的数据和它给出的数据相匹配。"

当汤姆提到有关于探测器的想法后,海军上校立即敦促他去研发。

"汤姆,很抱歉我们先放出了新闻。"海军上将霍普金斯继续说道,"这次提洛阿波罗雕像被破坏,在雕像的祖国引起了骚乱。我们想,如果告诉人们汤姆·斯威夫特参与这场打捞行动，他们会安心一些。"

"新闻说我要负责这场行动。"

"没错，我们的头儿觉得你应该负责整场行动。采购部门现在正在起草合同。"

面对如此重大的责任，汤姆不禁感到压力太大，但出于爱国之情，他还是接受了这项任务。"对了，先生。"他又问道，"你知道一个叫作崔斯坦·卡洛的人吗？"

霍普金斯哼了一声，说道："我确实知道他。他一直在向海军部门施压，要求我们让他来负责这次打捞任务。但是研究实验室看过他的计划后，觉得他的计划并不怎么样。他的话又多又空，而且不务实。"

"他事前知道你们要让我加入这个项目吗？"汤姆问道。

"是的，为了让他死心，我在给你往K国打电话的前一天就告诉他了。"汤姆向他讲了卡洛在K国的作为。霍普金斯听后十分愤怒，气冲冲地说道："他的动机太明显了。首先，他想把你抹黑成科学骗子，让海军改变想法选他作为负责人。失败后，他就又把自己包装成了另一人，邀请你做他的合作伙伴。"

汤姆表示赞同。上校的想法和他对卡洛的看法完全一致。

第二天早上，汤姆便来到他的超现代私人研实验室投入地工作。为了给探测器打基础，他先设计了一个大型分光镜，可

以用斥力装置领域来分离海水中的元素和同位素。汤姆以前发明了斥力装置,也就是斥力射线系统。他用这个发明来驾驶他的登月船挑战者号。

第二天,乔看见汤姆正在检测一堆晶体管电路,电路就在一个镶有小灯光的控制台里。这些电路和外面水池里的一个角形设备连接在一起。

"头儿,海鲜市场刚上市一些这样的鱼!"

汤姆抬起头,一脸茫然地问道:"什么鱼?"

"你要的鲶鱼和角鲨啊。洛里格先生说他明天能给你抓一堆。"

汤姆奇怪地问道:"你怎么会想着我要鲶鱼和角鲨呢?"

"巴德给我讲的。他说你计划在海里养一只'猎犬'。所以,为了你的水下嗅觉试验,你需要一些鲶鱼和角鲨。"

汤姆大笑道:"老伙计,很抱歉。看来巴德又骗了你。"汤姆看着乔愤怒的表情,继续说道:"我的水下追踪器是电动的。来,我给你演示一遍。"

汤姆扔了些铁锉到水池里,然后打开了控制台。八盏灯里立刻亮起了三盏灯,上面显示着"Fe"(铁元素)。接着,其他几盏灯也亮了起来。

"你看,这样我们就知道了水中有铁的三种同位素。"汤姆指着亮起的灯光,解释道:"水中如果有一定数量的氯元素或是矿物质也会得出一样的效果。"

"真是让我大吃一惊,汤姆!这个研究太棒了!"乔喊道,"你能用这些灯追踪到敌方潜艇的踪迹么?"

"呃,可以理解为它能帮助我们找到线索。如果我们得到正确的指示,比如说是金属或是石油留下的痕迹,我们就可以推测附近有潜水艇经过。但是要想追踪的话,还需要很多这样的小灯管。"

接下来的四十八小时里,汤姆一直在奋力研究。研究结束后,他直接飞回费林岛,在"海洋猎犬"上安装了他的追踪器。巴德、汉克·斯特林还有亚弗·汉森都在一旁帮忙。

巴德遗憾地说道:"我真希望和你们一起进行这场试验,但我得去见我父母。"

巴德的父母给他打电话,说道在他们踏上西印度群岛航线之前,会在中午抵达A国首都机场,在A国首都会待上几小时。

"你安心去见你父母吧,顺便也代我向他们问好。"汤姆答道,"汉克说了他会充当我们这次水下捉迷藏的'诱饵'"。

为了安装追踪器,水陆两用直升机已经在机场的机库中待命了。他们在飞机的雷达罩周围装上了九个窄长的角形装置。汤姆说这个装置叫作防水摄谱仪探测器,还在上面加装了偏流计。

"它们可以从船体周围九个不同方向采集水样。"汤姆说道,"船体内部有一个电脑,叫作符合分析器,它可以找出均匀分布在水样中的物质粒子。同时,如果将误差考虑进去的话,它还能找出这种物质粒子密集区的所在方向。"

汤姆追踪器的另一部分装置,被安装到了"海洋猎犬"舱内的一个大型控制输出控制台上。

"符合分析器找到的外来粒子会通过这个显示屏显示出来。"汤姆继续说,"我会选出我们需要的粒子,然后在追踪器或跟踪构造器上找到相应的元素。"

"就好比你对着海下司机说'跟上前面那辆出租车',对不对?"巴德打趣地问道。

"没错。复合痕迹合成器接收指令后,会把它们与符合分析器所收集到的数据做比对——当两种数据相匹配时,它会制定出一条路线。"

"复合痕迹合成器会将数据输出给这些镜体么?"汉克问道。

"会的,如果我们想手动驾驶的话,它就是我们的视觉向导。"汤姆答道,"第一个镜体上,有一条发光虚线,那是我们要追踪的物体的航线。第二个镜体显示的是深度曲线,也就是我们要追踪的物体的上下航线。而且,如果我们保持航线正确的话,就会对上十字镜中心的那个点。"

"偏流计输出盘上的这两个箭头符号是用来干什么的?"亚弗问道。

"它们匹配后可以补偿任何电流。"

还有一个小开关可以转换手动驾驶和自动驾驶这两种模式。汤姆还指出了一个用来记录所有数据的磁带卷。

吃过午饭后，实验开始了。汉克两小时前就已经穿上呼吸服从岛上出发了。"海洋猎犬"潜入水中，开始根据他留下的痕迹进行追踪。看着元素板上闪出的灯光，汤姆笑了起来。

"追踪他简直是小菜一碟。他身上的托马塞特塑料服放出的铊元素，太阳能电池放出的硒元素已经彻底暴露了他的行踪。"

汤姆调出追踪构造器，打开自动驾驶模式后，"海洋猎犬"转了好几圈来搜索元素信号。过了一会儿，追踪器"锁定"到了这个潜航员的行踪，船体开始自动沿着一条直线行驶。

汉克出发后的行踪一路曲折，最后以一条曲线回到了费林岛。突然，汤姆皱起了眉头。

"机长，怎么了？"亚弗·汉森问道。

汤姆指着显示屏上的两个灯点，说道："这是镍元素和镉元素，可能是由某种电池操作的设备放出来的——但绝不是汉克的。"

这条奇怪的轨道和汉克的轨道相混合。难道是敌人吗？这条航线从费林岛又转向了大陆。随着这条航线的改变，汤姆愈加担心。当他们接近海滩时，他驾船浮出了海面。

突然，他们发现前面的海岸上躺着一个男人，就在水湾入口边上。

"是汉克！"亚弗大声喊道。

第十一章　鲨鱼人

他们不可能认错人——他还穿着呼吸服，头盔的拉链还没拉掉。汤姆迅速将"海洋猎犬"停在海滩边，亚弗则用无线电信号呼叫公司，请求援助。不一会儿，他们就跑到了汉克身边。汤姆焦急地拉起他，检查他的脉搏和呼吸是否正常。

"感谢上天，他还活着！"

"他怎么了？"亚弗问道。

汤姆困惑地摇了摇头说："我不知道——希望他只是撞到什么后晕了过去。"

工厂医务室的年轻辛普森医生乘着"旋转小鸭"很快就到达了，和他一同过来的还有哈伦·艾姆斯和菲尔·拉德纳。菲尔是艾姆斯的助手，他身材矮胖，十分结实。趁着医生检查这个失去意识的人，汤姆给这两个安全员讲述了他们在海滩上发现汉克之前，是如何追踪那个陌生人或是陌生船的。

"他不是因为惊吓过度而晕过去的，而且在他头上没有伤口。"医生说道，"我想他很可能是毒气中毒晕了过去——只是一种假设。"

汉克轻微地动了一下。辛普森医生拿着一些氨气在他鼻子下晃了晃后,这个高大健壮的故障检修员立刻清醒了过来。

"感觉怎样?能说话吗?"汤姆问道。

"当然,我现在好多了。"汉克迷迷糊糊地挤出了一个微笑,坚持要站起来。他说:"我出海后,想着迷惑一下你的追踪器,于是就又回到了费林岛。但是当我接近小岛时,看见了一条大鲨鱼——至少我以为它是鲨鱼。"

"你什么意思?"汤姆问道。

"当时,我打开了水听器后,突然发现那条鲨鱼发出的是一种鱼的声音——你懂得,哗哗声和呼噜噜的声音。"

艾姆斯一脸迷惑地问道:"这不正常吗?"

"当然,"汉克回答道,"鲨鱼是不会发出这样的声音的——它们是那种强大却无声的动物。"

"它们没有鱼鳔,"汤姆解释道,"很多鱼都是通过这个器官发出声音的。鲨鱼甚至连磨牙声都没有,因为它们没有那种牙。"

"还有,"汉克继续说道,"它的身躯看上去像是假的——太硬了。它几乎没有鱼类正常游泳时的那种曲线。"

"那它是什么呢?"艾姆斯皱着眉头问道。

"一个伪装的小型单人潜艇。"汉克冷笑道。听到他的话,剩下的人都呆若木鸡。

第十一章 鲨鱼人

"你确定吗?"汤姆问道。

"绝对没错,当我准备游得近一点去仔细观察它时,它就飞快地向大陆驶来了。我清楚地看到它的尾部是一个铰链舵——而且从它的航迹中可以看出它是由螺旋桨驱动的。"

汉克说他追着这只假鲨鱼一直游到大陆,它在浅湾上岸后没一会儿他就到达岸边了。

"我刚摘下头盔,"汉克继续说道,"就看见那'鲨鱼'开出了一扇舱门,然后一个人爬了出来。他穿着潜水装备,护目镜推在头顶。当我向他走去时,他突然掏出了一把怪模怪样的枪指着我。然后,我就晕过去了。"

"肯定是把毒气枪——或者是某种射线枪。"汤姆推测道。

艾姆斯、拉德诺,还有其他人急忙跑去调查那个小型潜水艇登陆的浅湾了。在布满泥潭的海岸上,潜水艇停泊的痕迹十分清晰。除此之外,还有两串令人困惑的脚印——很明显其中一串是穿着蛙鞋的脚印,但另一串却是普通脚印。

"假鲨鱼里的人登陆后,一定还有人在等着接应他。"艾姆斯说道,"我们顺着这条路仔细看看。"

走了几百米后,他们发现在一条小河后面隐藏着一条公路,从河滨看过去,树木和灌木林挡住了视线。他们几人仔细检查了这地方,发现公路上面有卡车轮胎的痕迹,而且公路旁边的土地上还有更多和刚才一样的脚印。很明显,假鲨鱼里的人和他的帮手把小型潜水艇搬到卡车上，拉走了。

拉德诺开始对脚印和轮胎印进行采集，做出石膏印模。艾姆斯担心地说道："我很想知道那个假鲨鱼在费林岛周围干什么。"

"侦察基地吧——不然还能干什么？"汤姆答道，"鱼的声音是一个很好的掩护。就算侦察到这种声呐波，我们的水听器也只会把它当成鱼来看。"

"但是后来的那人是干什么的呢？"艾姆斯继续问道。

"也许他在执行什么破坏任务。"

"也许他的目标是你，机长。"艾姆斯皱着眉头，踱来踱去。"顺便提一句，汤姆，我刚刚接到一个电话。"

"关于什么？"

"关于你被绑架那次。那艘船抵达L国后，L国警方就开始监视码头和海关仓库。但是目前为止，没有人出来认领那个箱子。"

汉克乘着"旋转小鸭"飞回了企业集团，准备做进一步的身体检查。而艾姆斯在返程路上就向警察局发无线电信息，报告了事情的全部经过。

同时，"海洋猎犬"也返回了费林岛。汤姆计划第二天清晨从火箭基地起飞，去继续做有关百夫长号沉船的研究。

巴德听说了汤姆的水下追踪器在试验中表现得十分优秀后，

不禁万分激动。他忙问道:"有没有给这个水下猎犬起名字?"

汤姆考虑了一会儿,说道:"它通过对原子进行分类,在水下追踪猎物的踪迹——这样的话,不如把它叫作水底跟踪器。"

"完美!"巴德说道,"我敢保证它不费吹灰之力,就能立刻找出百夫长号。"

"愿我们好运。"汤姆答道,"汉克留下的轨迹只过去了几小时,但是沉船事故都已经过去十多天了。元素物质已经开始扩散,所以它的踪迹会很难找。"

第二天一大早,"海洋猎犬"就开始以超声波的速度向东飞驰。他们到达了百夫长号的报告位置后,汤姆停止了前进,并开始向下潜水。

"我们从哪种元素下手?"巴德问道。

"我们在这儿能追踪的痕迹太多了。"汤姆答道,"不过,我得到了一种百夫长号船体上油漆的精确化学分析报告,在船皮、干舷还有擦甲板用的复合物上面都有这种元素。这样的话,追踪起来可能会更容易些。"

突然,这个年轻的发明家紧张地盯着显示屏,说道:"就是它,巴德——我们找到它的踪迹了!"汤姆急忙在追踪构造器上输入了元素代号,然后调到了自动驾驶模式。

根据船头的防水摄谱仪探测器给出的数据，追踪器开始工作。这时"海洋猎犬"突然开始了一阵看似漫无方向的旋转。转了好一会儿后，这架水陆两用直升机才慢慢向下驶入了一个螺旋形航线。

"哇，百夫长号一定就沉在这里！"亚弗·汉森屏住呼吸，默默说道，"机长，有没有感觉很怪异？"

汤姆正在研究着显示屏上的光还有防水摄谱仪探测器监视器。巴德发现了他困惑的表情。

"怎么了，天才？"

"我们追踪到的是钚239号元素。"

巴德猜测道："也许我们正在追踪我们自己留下的痕迹，别忘了，我们之前乘着'海洋猎犬'搜索过这片海域。"

汤姆摇了摇头，说道："我们用的是斯威夫特元素。这一定是其他潜艇留下的痕迹——可能是海军那边为了搜救百夫长号的核潜艇留下的。"

当他们潜到三十多米深时，"海洋猎犬"稳定了下来，开始朝西南方向行驶。突然，这架水陆两用直升机开始了一系列的疯狂旋转！舱内的人们都快站不住脚了。

"天啊！"巴德抓着一根支柱，尖声喊道："这玩意儿疯了吗？"

汤姆急忙去开启手动驾驶模式——但是追踪器的输出镜体似乎已经坏了！这个年轻的发明家迷惑不解地对电路进行了一

第十一章　鲨鱼人

次即时检查。可是他查了足足一个小时都没找到任何原因。

汤姆不得不承认:"我被难倒了。"

"也许是放射线烧毁了追踪器的保险丝。"一个船员猜测道。

"不,这不是电力故障。在我看来,这更像是一次精神故障。"

巴德盯着汤姆说道:"你开什么玩笑?"

"没有,我是认真的。电脑有时候也会疯掉,跟人一样,它疯了后会出现一些神经质的行为。一般来讲,它们在处理不了需要处理的数据,或接收到一个不可能完成的任务时,会出现这种情况。刚才一定是复合分析器或复合痕迹合成器出现了这种情况。"

汤姆再一次打开了水底跟踪器。但是跟刚才的情况一样,它又开始疯狂旋转,一会儿过后,它直接停止工作了。

这个年轻的发明家不禁失望至极,只好放弃这次搜索,返回了费林岛。到了那里后,他立即把追踪器从"海洋猎犬"上卸了下来,送回了企业集团。

这天回来后,汤姆就一直在实验室潜心研究。他重新设计了逻辑电路、符合分析器和痕迹合成器匹配的记忆系统。这样的话,每一个系统单元都可以更好地控制输入,并且加速运行。乔为他做了一份美味的牛排和炸土豆,可是汤姆都无心品尝。

第十一章 鲨鱼人

这个年轻的发明家一直研究到深夜才休息。准备休息时,一个奇怪的理论在他的脑海中逐渐扎根。汤姆需要时间来思考这个问题。他疲倦地伸了个懒腰,从工作长椅里站了起来,走到实验室旁边的公寓里,煮了些可可。

汤姆沉思着:"如果我没错的话,出现那些潜水艇的原子痕迹并非巧合——而且那潜水艇也一定不是海军的。它甚至可以解释我的水底跟踪器失控的原因。"

汤姆慢慢地啜着热可可,努力保持清醒。但是他的头还是逐渐垂了下去,慢慢地睡着了。

砰!一声闷响吵醒了汤姆,紧接着又从实验室传来了一阵爆裂声。

汤姆完全清醒了,他跳了起来,冲进实验室。那个蜡像正面朝下趴在地上!

"发生了什么?"汤姆心里十分纳闷,他跑出房间,推开了通向外部走廊的门。

一个人正沿着走廊向前门奔去!他手里握着一把左轮手枪,枪头上装了消音器!

第十二章　神秘的百万富翁

汤姆按响墙上的警报按钮，追着入侵者跑去。这时，入侵者已经跑到了前门。警报器发出的刺耳声似乎吓到了他，整个实验站都闪烁着泛光灯。入侵者转过身来，看见汤姆后，开始大范围扫射！

汤姆迅速趴下，子弹从他头顶嗖嗖地飞过，射进了墙上的石灰板里。

还没来得及第二轮扫射，这个入侵者就逃跑了。汤姆立刻跳了起来，追着他跑出了实验楼。警卫们从四面八方赶了过来。

"他在那儿！"汤姆指着他喊道。

这个入侵者瞅着两边追过来的人，曲曲折折地跑着，活生生就像一只被猎犬困住的狐狸。这时，其中一个警卫已经绕了过来，眼看着就要抓住他了。他急忙转弯向反方向跑去，可是却被一块石头绊住了。最终，他头先着地摔在了地上。

汤姆立刻跑过来压住他。入侵者的枪在他摔倒时也滑了

第十二章　神秘的百万富翁

出去。汤姆用胳膊肘锁住了他的脖子,不给他拿到武器的机会。

入侵者奋力挣扎着站了起来,他用柔道中的过肩摔把汤姆狠狠地甩了出去,解开了汤姆的锁喉。但是这位年轻的发明家很快就站了起来,用腿把他绊倒,又把他摔在了地上。警卫们赶来之前,这两人一直扭打在一起。警卫到达后,迅速制伏了入侵者,把他拽了起来,给他戴上了手铐。

"机长,他是谁?"一个警卫问道。

汤姆回答道:"我也不知道,我都不知道他是怎么进来的。"

这个入侵者长着一个大鼻子,身穿一套黑色衣服,身材高大结实。经过这场打斗后,他那光滑的头发已经凌乱不堪了。一个警卫对他搜了身,但他除了戴着一个带有小型电子腕表的手镯外,什么都没有搜到。

"现在我们知道他为什么能顺利进入这里了。"那个警卫说道。

企业集团里的每个职员都有一个这种特制的手镯。如果没有手镯的话,这个入侵者一进入工厂,就会被企业集团的雷达系统发现。

"你从哪儿弄到这个的?"汤姆问道。

"你一定不想知道!"这名俘虏吼道。

汤姆转过来对警卫们说道:"把他带到安保室,打电话叫哈伦·艾姆斯过来。"

接着汤姆回到了实验室，重新检查了一遍蜡像。一颗子弹从它的后脑勺穿了过去。因为是面朝下摔倒，它的容貌已经毁了。"太糟了，不过你来一趟这里也值了。"汤姆想道，"你救了我一命。"

二十分钟后，艾姆斯到达工厂。他和汤姆两人都盘问了这名俘虏，但一无所获。

"也许送他去监狱里待上一晚他就肯说话了！"艾姆斯愤怒地说道。他打给肖普顿警察局，让他们把他抓走，然后命令警卫在警察来之前把这个俘虏送到别的房间去。

这时一名助手过来，报告称："我已经查过那个腕表上的号码了，它属于我们的一名叫丹·非尔萨的技工。"

"你尝试联系非尔萨了吗？"艾姆斯问道。

"我们已经给他打电话了，但是没人接。拉德诺现在已经去往非尔萨家了。"

汤姆担心地说道："我真希望丹一切安好，可能是那人抢走了他的腕表。那人一定知道腕表可以保护他不被发现后，进入了我们的工厂。"

艾姆斯点头同意道："显而易见，他进来是为了杀你，机长。还好他瞄准的只是一座蜡像。"

第二天早上，汤姆得知丹·非尔萨是被一辆警车找到的。当时那人用枪指着丹，击晕他后，抢走了他的腕表，把他拖进

第十二章 神秘的百万富翁

了一条小巷。出于直觉,汤姆立即开车接汉克·斯特林来到了肖普顿警察总局,去监狱里见那个俘虏。

"没错,他就是那个假鲨鱼里的人。"汉克说道。

那个俘虏一脸愠怒,沉默着向后看去。

"这样的话,你将会面临三个罪名。"斯莱特局长说道。刚刚是他陪着汤姆和汉克来到监狱的。"监视政府限制区,行凶殴打以及谋杀未遂。你最好赶紧开口,先生,否则我们就要对你定罪了。"

"我说了,我没什么可说的。"

汤姆和汉克开着车回到了企业集团。

"机长,你觉得他不开口是为了保护什么人吗?"汉克问道。

汤姆摇了摇头,说道:"他更像是在保护自己。汉克,我觉得他不是幕后主使。肯定有人雇他,他现在害怕那个人的报复,所以不敢泄露秘密。"

到了工厂后,艾姆斯过来告诉汤姆一个激动人心的消息。"我刚接到电报,机长。警察已经查到了你发现的水下灯的来源。这种灯非常强大,是由一家公司为彼得罗夫·瓦西利斯特殊定制的。"

"彼得罗夫·瓦西利斯!"汤姆大吃一惊,"他就是那个住在L国的神秘百万富翁,没错吧?"

"没错。有传闻说,他在海运、石油、军备还有许多其他生意中赚了一大笔钱。但是没人对他有太多了解。他住在L国的一座大别墅里，总躲避着公共媒体。"

汤姆吹着口哨，又皱起了眉头，说道："嗯，有点意思，哈伦。但是这解释不了在海底平顶山发生的事情。而且，证据这么少，我们难以控告瓦西利斯这样的大亨是电击犯。"

艾姆斯赞同道："即使你找到了那艘通电的渔船，操作员也会说他们当时只是在打鱼，整件事只是场意外。结果都一样，我们会查查瓦西利斯先生的。"

汤姆回到实验室去重新设计他的水底跟踪器，他把这些事情先放到了一边，专心研究项目。吃过午饭后，他去肖普顿医院看望了丹·非尔萨，他看到这名技工已经痊愈后，十分开心。接着，汤姆开车回到了企业集团实验室，到了傍晚时分，他已经准备好开始新一轮试验了。

晚饭时，汤姆和他的父母提到了他在海底平顶山上找到的灯是如何被追踪到彼得罗夫·瓦西利斯那里的。

"瓦西利斯向来秘密行事，"斯威夫特先生说道，"除了我们，还有很多人想更多地了解他。"

斯威夫特夫人插了句话进来："他确实听起来就不是一般人，我读过一篇关于他的报道——《里维埃拉的神秘人》。要我帮你找一下吗，汤姆？"

"能找的话就太好了。"汤姆说道，"我想在力所能及的范围内，尽可能多地得到有关瓦西利斯的消息。"

第十二章　神秘的百万富翁

第二天早晨,汤姆和巴德带着改良版的水底跟踪器飞到了费林岛。他们把它安装在"海洋猎犬"上后,再次出发,一路向东行驶。和上次一样,汤姆将船体平稳停在百夫长号下沉的位置。接着他反向扭动桨叶,松开了前驱轮。这架水陆两用直升机缓缓沉入了水中。

很快,这艘沉船的痕迹就出现在了显示屏上。汤姆把水底跟踪器调成了自动驾驶模式。当"海洋猎犬"开始向下追踪时,所有人都在期待着这个改良后的追踪器会有良好的表现。

水陆两用直升机又一次平稳下降到三十多米的深度。但是这次,它发现了百夫长号的踪迹,而且开始了坚定的追踪。

"干得漂亮,汤姆!你似乎已经解决了追踪器的所有问题。"巴德说道。但是出于困惑,他又问道:"可是我们为什么在水平航线上行驶?"

"问得好——我们马上就会知道答案了。"这几分钟内,汤姆一直都在研究这种元素和控制板上的同位素灯。"注意我们现在还是在追踪钚元素。"

"和上次一样的潜水艇痕迹?汤姆,什么意思?"

"除非我搞错了,"这位年轻的发明家说道,"否则它说明百夫长号在沉船之后,被一艘大型潜水艇劫走了。"

汤姆话音一落,巴德还有舱内的其他人都倒吸了一口凉气。他们震惊地盯着他。

"劫走了?"亚弗·汉森又重复了一遍,"你是说一艘潜水艇劫走了沉船？"

汤姆沉默地点了点头，说道："没错。正因如此，我们才找不到它。我认为百夫长号就是沿着这条航线被劫走的。"

"但是一艘潜水艇怎么能拉得动一艘沉船呢？"巴德问道，"拖链怎么安装呢？"

"炸弹爆炸后，船长为了控制损失，就在船体的洞上安装了防撞垫，还关闭了船舱内的一些密封门。"汤姆回答道，"在沉底之前，船在水中颠簸了一阵子。这样就会给潜水艇足够的时间去派潜水员安装拖链或者是某种有磁性的抓取装置。"

汤姆继续说，这样想，他们第一次追踪百夫长号时，"海洋猎犬"疯狂旋转和追踪器失控的原因就可以解释了。

"这个深度的水压还不会使沉船内部割裂，舱内仍有空气，所以沉船应该还会有一些浮力。这样的话，在水下拖动沉船不会太难。不过它会像一个摇晃的摆锤一样不停地上下来回摆动。就是因为这样，我们的追踪器才会落得如此下场。而且潜水艇的螺旋桨会把痕迹搅得更乱。"

"海洋猎犬"沿着这条西南方向的航线快速行驶。没过多久，他们眼前出现了一个多山的海底。

"这就是我们看到的那座发光的海底平顶山！"巴德喊道。

汤姆眼睛里闪烁着激动的光芒，他喊道："怪不得那个拖网渔船一直驱赶我们，巴德！那些灯一定是洗劫百夫长号的潜水员用的！"

第十三章　黄金线索

亚弗和其他几名船员都与巴德一样大吃一惊。正当这时，"海洋猎犬"开始向这座海底平顶山下降，很明显，汤姆的想法得到了证实。他们降到了山顶，大概在海洋表面下八十米的深度。

"船上有那么多黄金，还有雕塑，抢劫它的原因实在太多了。"亚弗赞同道，"当时你们看到这些灯时，能看出沉船的船型么？"

汤姆摇了摇头，说道："这座海底平顶山太大了，而我们那时所处深度太低，根本看不到山顶有什么事情发生。透过黑暗，只能辨认出闪烁的微光。"

"但为什么要把百夫长一路拽到这儿才开始洗劫呢？"亚弗问道。

"很简单。这片海域大概有三千米深，"汤姆答道，"如果他们直接让沉船降到海底，就很难用普通潜艇接近它了。但是如果把沉船放在这座平顶山上，这个深度会很适合潜水员进行作业。"

巴德惊奇地睁大了眼睛，说道："天啊，这把戏真绝！"

"如果我没错的话，这是一场精心策划的犯罪，而且成功了。"汤姆说道。

"你怎么知道这是场策划好的犯罪？"

"因为，潜水艇一定不可能是突然出现的，它一定是在全程跟踪百夫长号，只待时机成熟。"汤姆继续解释道，"炸弹也许是在它还在港口时就已经装上了，他们计划在距平顶山最近的地方引爆炸弹。"

跨过平顶山后，"海洋猎犬"的航线转向了北方。汤姆一直盯着追踪器控制板上的灯和输出镜体。很明显，在洗劫过后，罪犯们又把沉船拖离了平顶山——但拖到哪儿去了呢？

大概向北行驶了八十千米后，汤姆小心地驾驶"海洋猎犬"下降。他打开了搜救灯，调成手动驾驶模式，放慢下降速度。到了下面后，他们的黄色强力搜索光在昏暗的水域中投出了一道光柱，他们随着这道光柱前行着。

过了几分钟，水陆两用直升机的船员全部都敬畏地屏住了呼吸。这艘他们苦苦寻找的沉船就躺在海底。沉船向一边倾斜着，有一点倒扣的趋势，船首已经被淤泥掩盖，只能从船尾上辨认出它的名字百夫长。

船体上有一个巨大的洞显示了炸弹爆炸的位置。而另一个洞相对更小、更规整——明显可以看出是不久之前的杰作。

"潜水艇里的潜水员一定是切割了这个洞取走黄金的。"巴德说道。

"应该如此,"汤姆赞同道,"我想说,也许他们就是在这里偷走了那些金子和提洛阿波罗雕像,因为这两种珍宝都需要保护。"

一阵沉寂后,亚弗说道:"不好奇为什么这艘船被抛弃在这儿了吗?"

汤姆若有所思地摸着下巴说道:"我想他们是不想出任何纰漏。通电的拖网渔船已经看到我们在窥探平顶山,所以他们决定移动证据。可能是为了应付我们回来后的调查。"

汤姆将"海洋猎犬"停在沉船附近。然后和巴德穿上了装备,准备进行深海作业。他们摇摇晃晃地走出舱上气塞,接近了百夫长。到达第一个洞后,汤姆停下来去沉船的引擎间检查爆炸的破坏程度。接着他们俩小心翼翼地从船体上走到另一个洞。很明显,第二个洞是用焊炬锯开的。

汤姆打开了衣服上的灯,准备进洞里去观察一下。舱内空空如也!黄金和雕塑都不见了!

"汤姆,下一步怎么办呢?"他们俩回到"海洋猎犬"后,巴德问道。

"我们会努力去追踪潜艇的。"

然而令汤姆也吃惊的是,钚元素的痕迹竟然升至了海洋表面。

"也许他们是想升到海面去发无线电信息。"亚弗猜想到。

"这个设想很好。"汤姆赞成道,"要不就是夜里时,他们想到海面上航行一段时间。"

这条踪迹的确在海面上延伸了一段距离,又是朝着东南方向。但是过了几千米后,这架水陆两用直升机又开始晃动了。

"追踪器又疯了么?"巴德问道。

汤姆皱起了眉毛,摇了摇头,说道:"不,输出镜体还在追踪。但是目标航线却中断了。"凭借着直觉,汤姆向A国气象局询问,得知两天前有一场剧烈的风暴经过了这片海域。"恐怕这就是我们的答案,"汤姆对其他船员说道,"风暴在很大程度上吹散了痕迹,所以我们现在无迹可寻了。"

汤姆怀着失望之情,回到了费林岛。紧接着他和巴德就飞回了企业集团。得知汤姆的故事后,斯威夫特先生和哈伦·艾姆斯都惊奇不已。

"百万黄金还有提洛阿波罗雕像,简直是无价之宝!"艾姆斯喊道,"这是史上最大的一起海上洗劫案件。"

"也是性质最恶劣,手段最高明的一起。"斯威夫特先生补充道。

艾姆斯继续说道:"我现在十分确信这个罪犯和要破坏你呼吸服的人是同一人。你第一次公布项目后,有个别媒体曝光

了你的准确航线,所以那些罪犯知道你会经过海底平顶山附近。这可能给他们造成了恐慌。"

"没错,所以他们才会尽力阻止我们。后来,他们的哨兵在通电的拖网渔船发现了我们,猜测到我们已经察觉到了异常,所以他们想在K国除掉我,以确保我不会再回来调查。"

斯威夫特先生担心地皱起了眉头,说道:"你的想法完全合理,他们很有可能再来袭击你。"

汤姆同时打电话给情报局和海军上将霍普金斯,向他们讲述了整个故事的经过。他们都建议,暂时不向外界公布沉船被洗劫的事实,以防打草惊蛇。

"但是别忘了,汤姆。"海军上校提醒道,"那些罪犯都知道你是一名勇猛的科学家,他们很可能已经猜到你现在识破了他们的诡计。从现在开始,你要避免进行不必要的冒险!"

这天晚上,汤姆回到家后,斯威夫特夫人拿出了一本《世界周刊》给他,对他说:"就是这本期刊里刊登了关于彼得罗夫·瓦西利斯的文章。"

"谢谢了,妈妈。我现在就看。"

这篇文章里大部分写的都是瓦西利斯的商业事务。上面说到,瓦西利斯名下控股公司数量巨大,很难查清这位神秘的企业界大亨到底管理着哪些公司。

当汤姆读到瓦西利斯还是一位狂热的艺术收藏家时,不禁更感兴趣。由于一些不明原因,这篇报道说,他从不允许外人参观他那些无与伦比的艺术收藏品。

"爸爸,这就说得通了!"汤姆把这篇文章拿给他爸爸后,说道,"瓦西利斯已经是当今世界最富有的人之一,所以船上的金子对他并没有什么诱惑力。但也许提洛阿波罗雕像就不一样了,他一定非常渴望得到这样的世界著名艺术珍宝。也许就是因为这样,他才会去抢劫百夫长号。"

"唔,儿子,下结论不能这么草率。但是你的想法似乎解释了他从不公开艺术收藏的原因。"

"当然。如果他的艺术品是偷来的,那他绝不会让外人看见。"

斯威夫特先生踱来踱去,说道:"你可能是对的。近年来出现了一系列被盗案件。很多世界名画和其他艺术品都不翼而飞。瓦西利斯很可能就是这些案件的主使,为了满足对艺术的狂热追求,他可以不惜一切代价。"

"爸爸,我要去见一见瓦西利斯。"

老汤姆同意了汤姆的提议。第二天早上,汤姆向哈伦·艾姆斯说了他的计划。这位安保总管也认为,侦查后会得到更多线索。但是他提醒这位年轻的发明家要时刻保持警惕,以防危险发生。

汤姆又打电话给了海军上将霍普金斯,上将授予他官方许可,允许他对百夫长之谜进行深入的独立调查。接着,他打了一通越洋电话,和瓦西利斯的下属层层交流之后,汤姆终于

与他本人通上了话。汤姆先自我介绍了一下,就像是要谈生意的样子。

"我们斯威夫特企业集团的发明用处良多。"汤姆真诚地说道,"瓦西利斯先生,像您这样一位具有远见卓识的企业家一定明白,与我们合作将会效益无穷。"

"汤姆·斯威夫特这样的著名科学家竟然会联系我,我不胜荣幸。"瓦西利斯说道,"我对于回报丰厚的新想法一直非常感兴趣,或许你可以飞过来,我们见面谈。"

汤姆接受了邀请,保证即刻出发。汤姆去问巴德是否愿意同行时,巴德兴奋得激动不已。

"汤姆,我们乘'蓝天女王'去吗?"

"不,我们乘'海洋猎犬'。这样的话,如果我们得到什么线索,还可以在海下进行调查。"

不到一小时,这架水陆两用直升机就以超声波的速度出发了,舱内只有几个船员。而它的目的地蒙特卡,是位于L国南部海岸的小公国。他们行过一半距离时,汤姆接到了一段来自斯威夫特先生的无线视频。

"儿子,刚刚桑迪给我打了个电话。"他说道。

"怎么了,爸爸?"

"她说她得到了一些有关百夫长号沉船的线索,觉得你应该立即过去看看。"

"好的，"汤姆回答道，"我去哪儿见她？"

"奥利机场。我再打电话给她。"

水陆两用直升机到达奥利机场上空时，还不到下午三点。汤姆得到降落许可后，这两个年轻人迅速通过了海关。桑迪和菲利斯正在航空站里等着他们。

这几个年轻人一见面，巴德就激动地喊道："天啊，又见到了你们，简直太棒了！"

"我真希望我们能待在一起更久一些。"汤姆继续说道。

"你从来没做到过！"桑迪笑着做了个鬼脸，说道，"说真的，汤姆，这个可能很重要。"

她讲道，她和菲利斯在杜乐丽花园观光时，一个神秘的陌生人接近了她们，并说他需要联系汤姆·斯威夫特。

"他说他看到了你要负责百夫长号打捞计划的消息，"桑迪继续说道，"还说也许他可以给你提供一些线索。然后他给了我这个东西，目的是让你相信他不是骗子。"

桑迪打开了手包，拿出了一小块黄色的金属。很明显，这是块纯金！

"哇！"巴德睁大了眼睛喊道，"这一定是从沉船里的金块中切下来的。"

第十四章 密窖

汤姆仔细检查了这块金子,然后说:"还是得先检验这块金子,才能查明它是否与沉船内的金子配对。不过从表面来看,这块金子的确像是百夫长号里的金子。桑迪,我怎么联系那人呢?"

"他会在下午四点给克里龙酒店打电话。"

"好的。我们走。"

这四个年轻人打了一辆出租车,离开了机场。很快,他们就通过宽敞的林荫大道来到了城市的中心。到了克里龙酒店后,汤姆给前台说明了自己的身份,然后四个人都坐在酒店的大厅里等着电话。

过了一会儿,前台抬手示意了一下。汤姆急忙去接起了大厅中的一个电话。

"我是小汤姆·斯威夫特。"

"啊,谢谢你,先生。我没想到这么快就能联系上你。"打电话的人带着很重的口音说道,"有警察在监听吗?"

汤姆向他担保没人监听。

"太好了！你真是位绅士，先生——我相信你。你能保证对我说的话进行保密吗？"

"不好意思，这个我保证不了。"汤姆说。

"如果我给你信息，帮你找回百夫长号中被盗的金子和雕塑，你能给我一万美元作为报酬吗？"

汤姆吃了一惊。"被盗——从那艘沉船中吗？"他支吾道。来电人沉默不言，汤姆继续小心地说道："我可能得先看你给我的消息了。在哪儿能找到你？"

"我从报纸上已经十分熟悉你的模样了，斯威夫特先生。从现在开始一小时后，沿圆形广场和星形广场中的大街走。"

汤姆听到了挂断电话的声音。挂了电话后，他又给霍普金斯海军上将打了越洋电话。上将对这份神秘的线索十分感兴趣。

"我保证海军没有泄漏任何消息。"霍普金斯说道，"如果那家伙已经知道百夫长号被洗劫了，那他一定会知道更多其他的细节。去见他吧，汤姆。如果他的消息有用的话，我授权你给他报酬。"

一小时后，汤姆正在宽敞的香榭丽舍大街上散着步，突然有人拍了他的肩膀。他回头看见了一个肤色偏黑的人。

"斯威夫特先生？"

"是我。"

第十四章 密害

这人建议去人行道边的咖啡厅里谈。服务员端来了咖啡后,这位情报人说,就在前一天,一个A国陌生人接近了他。那个人以走私大量黄金为由,一直想挑起他的兴趣。

"你看,在有的国家,金子可以带来巨额利润——如果有人能从海关偷运的话。而且我正巧有一艘小型货运船。"这人狡猾地笑着。

"这些金子从哪儿来的?"汤姆问道。

"啊,这个问题问得很好。那个A国人暗示说他从一艘沉船上打捞出很多金子。他给了我一个小样品作证。对了,斯威夫特先生,能把那块金子还给我吗?"

汤姆不想引起任何怀疑,于是把那块金子还给了他。"你同意这次交易了吗?"他问道。

"我看上去是傻子吗?若是如我所想,这块金子是来自百夫长号的,那这事儿未免太棘手了。而且我还怕被出卖。"

"所以你决定先出卖他。"

这人耸了耸肩,说道:"我们再无见面,我想他已经回A国了。而且我发现你的妹妹正好在这里,所以我想何不把这个消息提供给汤姆·斯威夫特来争取些报酬呢?"

"除非我能找到那个A国人,不然你的消息并没什么价值。"汤姆指出。

"可以理解。"这人翻过了他的衣领，露出了一个小巧且方便操纵的翻领相机。"我就是这样照到他的。我做事一向仔细。"他从口袋里取出了一张影印照片，递给了汤姆。"这是一张放大版的。"

汤姆倒吸了一口凉气。照片上的人正是崔斯坦·卡洛。

"先生，你认识他吗？"看到汤姆点了点头后，这个情报人自信地笑着，站了起来，说道，"等什么时候我看到百夫长号的货物找到后，再联系你，要回属于我的一万美元，好吗？"

汤姆还没来得及拦住他，这个男人就消失在了人群中。汤姆结账后就打车回到了酒店。巴德和两个女孩在听他讲完事情经过后，大吃一惊。

"这是不是意味着你要回家去专心调查卡洛了？"菲利斯问道。

汤姆摇了摇头。"可能有人故意想让我这样做。但是我还是觉得应该去拜访瓦西利斯，我感觉他一定与百夫长号沉船事故逃不了干系。"

这四个年轻人打车回到了奥利机场。汤姆和巴德向她们两个女生道了别，再次踏上"海洋猎犬"，和船员们一起出发了。在去南的路上，汤姆又给企业集团里的艾姆斯联系，及时报告了情况。

"你觉得这人是蓄意所为吗？"艾姆斯问道。

第十四章 密窖

"我不知道,哈伦。那块金子证明不了什么,那张卡洛的照片也一样——哪儿都能照。"

"如果这整件事都是有人策划的,"艾姆斯若有所思地说,"那他们怎么会知道卡洛是我们的怀疑对象呢?"

"也许他们不知道,"汤姆答道,"但是他们可能见过我和卡洛争执的一幕,也可能从那些报纸谣言中得知卡洛也想参与百夫长号的打捞工作。综上所述,如果他们想摆脱嫌疑的话,让卡洛成为替死鬼是最有可能的选择。"

"唔,有可能。"艾姆斯赞同道,"不过还有一点,如果那个人是为这帮犯罪分子工作,那他们这样告诉你百夫长号被抢劫,不怕泄密吗?"

"要是他们察觉到我已经知道真相的话,就说得通了。不管怎样,他的故事都帮不到我们。除非我们找到赃物,否则还是证明不了船被洗劫了。"

"好吧,我现在就通知海军部和A国调查局,"艾姆斯说道,"到时候审问卡洛时,我会亲自坐镇。"

很快,大海耀眼的蓝色就出现在了他们眼前,同时出现的还有一片彩色和白色相间的红顶房子。汤姆降落在蒙特卡直升机场,一眼就看到了著名的歌剧院和棕榈树边的赌场。

一辆闪亮的加长版豪华轿车正在机场边等着接这两个年轻人,驾驶座里坐着一名身穿制服的司机。他开车载着他们经过了美丽的海港边上的大道。它被围在白色石头建成的防波堤中间，海上全是插着各国国旗的游艇。

"海洋博物馆在哪儿？"汤姆问道。

"穿过这个港口的海岬上就是，先生。皇宫和政府建筑也在那边。那里是这个国家的首都。"

汤姆表示他想要参观博物馆，还想见一见馆长——那位著名的海下探险家库斯托舰长。

"我保证瓦西利斯先生会很乐意为你们安排的。"司机低声说道。

这辆豪车开进了蒙特卡之上的一座灰绿色山丘。它经过了一扇高高的大铁门，在一栋粉色的大别墅前停了下来。别墅边上全是白杨树和含羞草。

一位温文尔雅的人走出来迎接了他们，他头发灰白，穿着一身白衣。"我就是彼得罗夫·瓦西利斯。欢迎来到我家，先生们。"

汤姆注意到这位主人说话有A国口音。瓦西利斯解释道这是因为他曾在K国接受教育，而且在那里待过很长一段时间。这两个年轻人参观了一间客房，里面有两张床。接着，这位东道主又带着他们来到花园中，一直逛到男管家来叫他们吃晚饭。

用餐时，瓦西利斯不经意地对汤姆说道："我知道目前你正负责打捞百夫长号沉船。我能想象这任务多么具有挑战性。"

汤姆只是笑了笑，说道："是很有挑战性，但可能会是一场无望的打捞,你说呢?"

瓦西利斯耸了耸肩。汤姆换了个话题,开始讨论开采在海底发现的锰块——这些海床基本上每平方千米价值数百万美元。汤姆说得好像他要开始这个项目似的。瓦西利斯看上去很感兴趣,但仍建议明天再讲公事。

晚餐后,汤姆请求看一看瓦西利斯的艺术收藏品。他们走过了一间又一间屋子,里面雅致地摆放着各式各样的画、雕像、挂毯。这位东道主一一指给他们看。

汤姆假装一脸迷惑,说道:"我以为您的收藏会更丰富呢,瓦西利斯先生。我了解到你还收藏有许多名画,怎么没看到。"

"我的收藏太多了,所以其中大部分都放在了一个地下仓库里。"瓦西利斯答道,"展出的物品是会轮换的。"

他说得流利,但是汤姆意识到他并没有邀请他们去仓库参观。这一点引起了这位年轻发明家的好奇心。过了一会儿,等他和巴德回到了他们的房间后,汤姆问道:"敢不敢来一次午夜演习?"

巴德大笑道:"有什么安排吗?"

"严格来讲,完全没有安排。我只是想看一看瓦西利斯先生的地下仓库。"

"谁能拒绝呢——你知道的,我是一个艺术爱好者!"

他们确定主人已经睡下后,慢慢地爬下楼梯。汤姆用手电筒领着路。寂静笼罩着整个别墅，但是两个年轻人的脉搏却紧张地跳个不停。

到了厨房后，他们从后面的楼梯向一个拱形石头地窖里慢慢走下。汤姆手电筒中的光照亮了地窖，里面有一个布满蜘蛛网的木桶、一个火炉、一台空调，还有一片做工区域，上面放满了工具。但就是没有入口。

"我们怎么才能进入仓库呢？"巴德问道。

"也许地上有什么暗道，"汤姆说道，"我们先找找看吧。"

这两个年轻人在地窖里来回巡绕，又是敲墙，又是检查地板，寻找着暗道。但是随着时间推移，他们始终没找到地窖的暗道，巴德失去了信心。

"要我看根本没希望——除非瓦西利斯是从排水管道里爬进去的。"

巴德说着，脚下无意识地踩到了地上的圆形排水板。突然，墙竟然打开了，两个年轻人兴奋地喘了口气！

"你找到了！"汤姆一边喊着，一边把手电筒照进墙洞里。"那个排水管上一定有压力开关。"

巴德带着渴望和好奇走入了地窖。但是汤姆叫住了他。"等一下！可别踏到陷阱里！"

汤姆拿着手电筒在地窖里照了一圈。地窖里整齐地排放着一排排装裱好的画，像胶卷幻灯片一样。一张白布盖着一个雕

第十四章 密窖

像似的东西。汤姆没发现任何陷阱。"好吧——但我得先固定一下这扇门,这样我们就不会被关在里面了。"

汤姆从工作台上拿起了一把凿子,卡在门上。两个年轻人进入地窖后,汤姆把一张白布从一个雕像身上拿了下来,不禁发出一声尖叫。

"巴德!是提洛阿波罗雕像!"

"天啊!我们真是中大奖了!"

"你先来把风,"汤姆命令着,"我检查一下这些画。"

离开企业集团之前,汤姆已经让斯威夫特家的秘书特伦特小姐与肖普顿博物馆核对了一遍,列出了最近收藏者和画廊被盗的名画。很快,汤姆就在地窖里发现了两位画家的名画——佛兰斯·赫尔斯和马蒂斯的。

"绝对没错!"汤姆喊道,"一定就是瓦西利斯一手策划的……"

他话还没说完,就被巴德的一声惊叫打断了。汤姆回过头,正好看到了一扇铁门从天而降,砰的一声堵住了大门。他们被困在地窖里了!

过了一小会儿,铁门中出现了一个窥视孔。瓦西利斯那张笑脸从孔中露了出来!

第十五章 俘虏们

"原谅我，先生们，但我觉得现在情况很有意思。"瓦西利斯斜着眼睛看着这两个被困住的年轻人，说道："事实上，这扇通往地窖的门只要一开，就会激活别墅里的几处警报灯——包括我房间里的。而且还有一个隐藏的麦克风记录了你们的声音。"

"真是倒霉！"巴德咬着牙说道。

瓦西利斯笑道："就算别墅里没人，你俩也会被困住的。地窖只要打开一小会儿，这扇铁门就会自动落下，除非进入时按下隐藏的'安全'按钮。"

"你看上去并不惊讶。"汤姆说道。

"没错。"瓦西利斯回答说，"三天前，我从我主管的公司得知，当地警察正在调查一种特制的深海灯。紧接着，我就接到了你的电话。你是负责百夫长号打捞任务的年轻有为的潜航员，最有可能找到那只被愚蠢地扔到海底的灯，你还捏造了一个借口来见我。把这两件事结合起来，并不难猜测你此行的目的。"

汤姆攥紧了拳头。他竟然傻得没意识到瓦西利斯对他的一举一动都了如指掌!

"好吧,看上去你现在占了上风。"汤姆说道,"你想把我们怎么办?"

"我没什么选择。你们已经看到提洛阿波罗雕像,更不用说其他的——怎么说呢——借来的艺术品。我还能做什么呢?只有摆脱掉你们了——永远。"

"你才不敢!"巴德脱口而出,"很多人都知道我们来你这儿了!你解释不了我们失踪这件事!"

瓦西利斯嘴边勾出了一抹邪恶的微笑。"啊!这点我可不同意!要知道,我们正准备一起乘着我的游艇——'水泉女神'去航海,而你们会尝试在地中海进行夜间潜水。但是,唉,你们两人都会'意外'溺死——一人想救另一人。所以到时候,我向当局报道你们愚蠢的决定和悲惨的命运时,有谁会质疑我呢?"瓦西利斯耸了耸肩道。

汤姆和巴德两人突然感到一丝寒意。他们眼前的这个人如此心狠手辣,而且他这致命的计划毫无漏洞!瓦西利斯瞥了一眼这位年轻的发明家,说道:"也许,我亲爱的斯威夫特,我会允许你买回自己这条命。不过你要答应我,以后把你的科研成果用于类似百夫长号沉船这样的项目之中。"

汤姆恶狠狠地盯着他说:"如果你觉得我会帮助你,置成千上万条无辜生命于不顾的话,那你简直是丧心病狂!"

瓦西利斯的目光愈加冷酷:"那就如你所愿吧。不管怎样,你们太危险了。"

铁门向上升起。汤姆和巴德看见这位东道主正和司机、管家,还有两个魁梧的跟班站在一起。这两个结实的跟班——一个胸膛宽厚,极像猿人,还有一个身材高大,一身肌肉,脑门铮光瓦亮——边笑边迈着大步进入了地窖。

"好吧,"巴德咬牙切齿地说,"要是他们想练练手,我们就奉陪到底,汤姆!"

巴德用劲朝那个"类猿人"挥了过去,而汤姆则巧妙地躲开了他的对手。这两人打起来都像是柔道选手。一阵激烈的斗争后,这两个年轻人的气势明显减弱。接着,汤姆和巴德的手被反绑在了身后。

汤姆冲着瓦西利斯的四个员工投去了绝望的眼神。"你们还能蠢到哪儿去!"他恼怒道,"你们意识不到你们的老板把你们当傻子吗?他想除掉我们来挽救他自己的性命。如果你们和他同流合污,就是放弃了自己的性命!"

两个魁梧的跟班轻蔑地笑了起来,司机仍是一副冷漠的表情,只有管家的眼中露出了一丝惊恐。瓦西利斯狠狠地扇了汤姆一耳光,说:"你说够了吗?"

这位大亨对着他的人大喊道:"把他们带走——快!"

第十五章 俘虏们

汤姆和巴德被赶上了楼,接着出了别墅,又上了那辆豪车。两个魁梧的跟班和他们一起上了车,瓦西利斯和司机坐在他们前面。片刻之后,管家拿着两个年轻人的运动夹克从别墅里跑了出来。

"把衣服盖在他们肩膀上,这样就看不出他们的手被反绑起来了。"瓦西利斯冲着他的跟班命令道。接着,他又威胁汤姆和巴德,"敢反抗一下,匕首就会插到你们的肋骨中。"

两个魁梧的跟班正把弄着一根又细又长,像剑一般的匕首。现在已经过了午夜,他们顺着蜿蜒陡峭的公路一路向下,进入蒙特卡,到了码头边。车停在了一艘船体巨大的游艇尾部。

"敢乱动一下,我就让你们死在这里。"瓦西利斯对着他的俘虏们低语道。

汤姆和巴德被他们从车上带了下来。几艘泊在岸边的游艇还亮着灯,不过里面全是寻欢作乐的人,他们对外面发生的一切毫不关心。两个跟班一人带着一个年轻人,表面看上去他们十分友好,但是手里却死命掐着这两个年轻人。

年轻人们和跟班们两个两个地通过了踏板,上了游艇的尾部,瓦西利斯断后。他刚踏上船板,就有一个身穿制服的人向他敬礼。

瓦西利斯自豪地看着"水泉女神"。汤姆和巴德也能感受到这架游艇在昏暗的月光下闪耀着光辉,船体整洁干净。

"你们俩不能享受这次航海之旅真是太遗憾了，"瓦西利斯幸灾乐祸地说着，"'水泉女神'是海上最好最快的游艇。它是我特地在K国定制的，船员也都是在K国的船上训练出来的。"

"谁训练他们来帮你犯罪的？"巴德问道。

瓦西利斯一脸不悦。"把这个废物带到甲板下面，"他对船长说道，"另一个带到我的客舱——出发后我想和他谈谈。我们立刻起航。"

"是，先生。您要来驾驶台吗？"

"先不去。我得去无线电室一趟，给我的几个商业下属们发电报，告诉他们这次行程。你去安排航线。"

船长又敬了一次礼，向两个跟班大声说道，让他们下船。接着他又对着甲板上的船员们下了命令。所有船员都穿着蓝色的斜纹粗棉布裤子和白色T恤，T恤前胸用蓝色字母标记着每个人的名字。两个船员推着巴德下了舱口。另外两个带着汤姆进入了船中部的一间客舱，他们把他推进了一间阴暗的房间，锁上了门。

汤姆听到外面的船员逐渐散去，感受到了游艇的柴油机开始无声地震动。现在，他的眼睛已经逐渐适应了黑暗。借着通过舷窗透进来的昏暗月光，汤姆大致可以看清舱内的构造。舱内有一把扶手椅、一个床铺，还有一个床头柜、一张饭桌、一张书桌。

第十五章 俘虏们

怎样才能重获自由呢？汤姆的脑子高速运转着。也许书桌里会有些工具可以帮他逃跑！汤姆大步走到了书桌前，幸运的是，书桌就在舷窗下面，桌上的物品清晰可见。

汤姆刚走近，就看到了一把小刀。小刀看上去有些钝，难以切断他手上的绳子，况且他怎么才能把它放好位置来割断绳子呢？突然他注意到了一个沉重的镇纸，汤姆来了灵感。

在床头柜上有一盏台灯。汤姆抓起了这个镇纸，向床铺走去。正如他想的一样，台灯和床头柜是固定在一起的。汤姆用牙齿扯掉了灯罩，接着不停地转了起来。他努力将身后的胳膊伸直，打碎了这个电灯泡。

汤姆屏住呼吸等待了一会儿。很显然，电灯泡破裂的声音没被别人听到。他笨拙地移动着，准备用灯泡的玻璃碎片锯断手上的绳子。他两次割到了自己，但最终还是成功了。

开始找巴德！"我要是有什么防身的东西就好了。"汤姆想着。

他急忙翻找了床头柜抽屉，接着又翻了书桌的抽屉。在其中一个抽屉里，他找到了一只手电筒。汤姆小心翼翼地打开了手电，用一只手盖住了电筒的光，继续搜索。

在舱内的衣物柜里，他找到了各式各样的潜水设备，包括一套橡胶潜水衣。汤姆还在翻着，试图找到一把鱼叉或是一把刀。

突然，他听到舱外的脚步声。他关掉了手电筒，踮着脚尖走到了床头柜旁边。当钥匙插进舱门时，汤姆背对着台灯站了起来，用身体掩盖着破碎的灯泡——手放在身后，好像还被反绑着似的。

门开后，瓦西利斯进来了，他打开了舱内的灯。"现在，汤姆·斯威夫特，咱们俩聊一聊吧。"这位大亨说，"你的朋友是不可能活着离开这艘游艇了——他太让人讨厌。但如果你选择合作的话，就还有活着的机会。"

瓦西利斯朝着他走过来时，汤姆握紧了右拳狠狠地出了一记上勾拳。瓦西利斯倒在了地上，完全昏迷！

没时间浪费。汤姆脱下衣服，换上了潜水装备。幸运的是，他和瓦西利斯尺寸基本一样。"趁着天黑，戴上头盔和面具后，我也许能装成瓦西利斯。先去救巴德。"汤姆自言自语道。

他把面具调整了一下，使鼻子可以呼吸。接着又把水下手电筒的电池卸了下来，装在他的铅笔型无线电装置中，然后把这个小盒子塞到口袋里面。

汤姆出了客舱，向船尾走去。令人失望的是，一个船员正好从无线电室出来，碰到了他！

这人皮肤黝黑，看上去并不像K国人。但他是在一艘K国船上，所以汤姆觉得他应该能说英语。汤姆用一种低沉的嗓音模仿着瓦西利斯的口音。"我会借意外的名义除掉这两个俘虏。把另外那个年轻人带到上面来——再多拿些潜水设备。"

第十五章　俘虏们

船员犹豫了一下，低声说道："是，是的，先生。"可正当他去执行命令时，却突然停了下来，像是在地上发现了什么似的。他招手让汤姆过来，紧接着用当地的语言大喊起来。

汤姆愣了一下，想着怎么回答。为了拖延时间，他只走近了一点。当他发现船员的诡计时已为时太晚。无线电室的灯光刚照到他，船员就立即冲过来抓住了他！

"你不是瓦西利斯！"船员低声说道。接着他大喊道：

"快来人！汤姆·斯威夫特要跑了！"

第十六章　可怕的敌人

汤姆立刻意识到，他已经没机会去救巴德了——最多只能自己跑出去。他扭着胳膊松开了束缚，抱拳冲着船员的下巴重击了一下。随着一声骨头断裂声，船员摇摇晃晃地向后面摔了下去。

无线电操作员已经从室内冲出来了，另一个船员也向这里跑了过来。汤姆跨过船上的扶手，一头扎入了水中！

为了把呼吸型护齿套塞进嘴里，拉紧面具，他还浮在海面上。"水泉女神"立即改变了航线，船上的喊叫声划破了黑暗。没过一会儿，船上发出了一阵零乱不齐的扫射，子弹穿过水面荡起了水花。但是汤姆已经再次潜到水中，飞速离开了游艇。

这位年轻的潜航员游在一片漆黑的海水中，偶尔会有几处灯光照亮海水。汤姆躲避着这些光亮，以防被"水泉女神"里配备着鱼叉的潜水员追踪到。

"希望我的方向没错！"他想着。汤姆现在全靠直觉来导航，他尽力将航线保持为直线。跳船前，他留意到船尾方向

第十六章 可怕的敌人

的灯光已经逐渐模糊，而且右舷后部闪烁着海岸线上的点点灯光，也就说明游艇航行的大概方向是西南方向。但是汤姆不敢轻易浮上水面去检查他的直觉是否正确。

"他们可能在用声呐系统追我！"汤姆突然意识到。需不需要曲折前进来躲避他们呢？"还是算了。"他决定。比起躲避，确保体力和氧气在到岸之前还充足更为重要。

这几分钟十分漫长。最后汤姆觉得已经差不多游到岸边后，一头冲破了水面。果然，前方的海岸线已经可以大致看清了。汤姆踩着水环顾四周。"水泉女神"并不在视野之内。很显然船员熄灭了船上的灯。

汤姆正准备上岸时，突然想到一件事。要是瓦西利斯的人已经在岸上埋伏好了准备袭击他怎么办？"没必要冒险。"汤姆心想。

他疲倦地向东游去。大概游过一千米后，汤姆看见了一个小岩石湾，他觉得这里离他之前准备冒险登岸的方向已经足够远了。

汤姆游到了岩石湾中，这里的水还是很深。他在黑暗中摸索到一处地点，准备爬上岩石。但是他的右脚蹼似乎是被夹在了岩缝中。

汤姆往上拽自己的脚时，却被底下的景象吓得倒吸一口凉气。波光粼粼的蓝色海水在月光的照耀下，依稀可见一条海鳗的丑鼻子。它一直潜伏在裂缝中，现在正死死地咬着他的橡胶脚蹼不放。

汤姆挣扎着想要摆脱这只海鳗,它却突然从裂缝中冲了出来——是一只有两米长的怪物。汤姆知道海鳗的牙齿如剃刀般锋利,轻易就能咬断他的手指,所以他不敢动它,只好努力脱掉脚蹼。脚蹼一直被扯着,所以汤姆很快就能脱掉它。

海鳗在海底翻着滚,荡起了一层微光闪烁的泡沫。汤姆抽出潜水衣上的小刀,朝这只怪物的头扎去。一股血液喷涌出来,染红了海水。但是这只怪物不但没有松口,反而咬得更紧,而且全身都缠到了汤姆的腿上。

只要他的脚蹼被拽掉,这只海鳗随时都有可能放开橡胶,直接咬紧汤姆的肉。汤姆打着战,又扎了海鳗两次。最终,缠在他腿上的海鳗放松了身体,沉入海中。

汤姆爬出了大海,精疲力竭地倒在了岩石滩上。

几分钟过去了,他浑身不停地打战,一直躺在夜幕中喘着粗气。现在该怎么办呢?要是他向"海洋猎犬"发无线电信号,很可能被"水泉女神"截获。汤姆知道在离L国西海岸很近的地方,有一条和海岸平行的公路,也就是巴塞滨海路。但是在路边打车再到警察局解释会耗费宝贵的时间——也会使巴德没命。

"还是给'海洋猎犬'发无线电信号吧!"汤姆下定了决心。

汤姆迅速从防水手电筒盒子中拿出了铅笔型无线电装置,

第十六章 可怕的敌人

打开双路发射机,开始向"海洋猎犬"发射信号。汉克·斯特林急切的声音传了过来:"机长!发生什么了?你还好吗?"

"我还好,但是巴德就不一定了。"汤姆回答道,"你们知道发生什么了吗?"

"当然知道。我们都快担心疯了!瓦西利斯的管家在去警局的路上开车撞进了蒙特卡的一座建筑物里。他身上本来就有枪伤,而且在事故中严重撞伤。警察找到他的时候,他只有微弱的呼吸,说瓦西利斯绑架了你和巴德,然后他就昏过去了。警察去了瓦西利斯家,却发现里面空无一人,就通知了我们。"

"哇!这场案子已经闹大了!"汤姆喘着气说道。他急忙告诉了汉克发生的一切,也解释了那个秘密地窖中的机械设置。"通知警察,让他们即刻去搜查地窖。那里面有提洛阿波罗雕像,还有至少两件被偷的知名艺术品。然后赶紧来我这儿接我。我们一定要找到瓦西利斯的游艇,不能让巴德有任何闪失。"

"明白!"汉克答道,"保持联系,我们会跟着信号找到你的。"

十五分钟后,"海洋猎犬"从水中升到水面上。它的搜救灯扫过海岸,找到了汤姆摆着胳膊的身影。很快,汤姆安全上船。乔担心地轻轻拍着他的年轻老板。

"请你吃蛤蜊杂烩!汤姆,你身上的刮痕比小疯牛身上的

都严重！你觉得我们能找到那些袭击了你和巴德的卑鄙'响尾蛇'吗？"

"我们一定要试一试，老伙计！"

汤姆换上了干爽的衣服，来到"海洋猎犬"的控制室。他驾驶"海洋猎犬"重新潜入水中，开出岩石湾，降到了潜望镜的深度。从水底跟踪器显示屏上定位到了他自己的踪迹后，汤姆从追踪构造器中调出了对应的元素，并开启了自动驾驶模式。

这架水陆两用直升机迅速离开了海岸。到了汤姆跳船的地方后，它慢慢地停了下来。在这里，追踪器识别到了"水泉女神"的踪迹，开始了真正的追踪。

刚开始，"海洋猎犬"曲曲折折地回到了海岸，接着又向着大海的方向出发。

"他们一定就是在这儿放弃追我的。"汤姆自言自语道。

"我还是不理解那个管家为什么会掺和进来，机长。"汉克若有所思地说道。

"我告诉了瓦西利斯的人，他们正在用自己的生命来换他们老板的性命，那会儿他看上去很害怕。"汤姆回忆着，说道，"后来他可能是惊慌失措地想逃走，但就在那时，那两个魁梧的跟班回到了别墅——在他逃走时，那些人击中了他。接着，他们想到警察马上就会来，也急忙逃掉了。"

"有道理。"汉克赞同道。

"海洋猎犬"现在向西南方向驶去。虽然"水泉女神"已经离开很长时间了，而且瓦西利斯还吹嘘过这艘游艇的速度之快，但汤姆仍然对这架水陆两用直升机充满信心，认为它可以成功赶上"水泉女神"。

过了一小会儿后，声呐员紧张地说道："信号就在正前方，机长！可能就是游艇！"

汤姆转过来看着潜望镜。信号越来越大。"我打赌这就是游艇，来吧！"

他开启了手动驾驶模式，让船小心翼翼地升到水面。黎明将至，天空中呈现出粉红。就在他们前方不到一千米处，"水泉女神"停在水中。

"我们现在怎么办？"汉克问道。

"慢慢靠近，跟他们打个招呼。"汤姆答道，"如果巴德还活着，他们可能会将他作为人质，但至少他们不敢按照瓦西利斯的原计划，把我们俩淹死。"

"海洋猎犬"慢慢移动着，但是"水泉女神"的甲板上却毫无动静，汤姆一头雾水。他试着用无线电广播呼叫游艇，但却毫无回应。

"我可能得去干舷上了。"汤姆决心道。

"这可能是他们的诡计，老板。"乔阻止道，"你一露出脑袋，他们可能就会朝你开枪！"

"现在没别的办法了，乔。我们不能只坐等其变。"

汤姆打开了舱门，爬到了水陆两用直升机的船体上面。他

焦虑地环顾游艇，但却在桅杆那里没发现任何人，驾驶台也一样。

"喂，'水泉女神'！"他喊道。没有回应。汤姆又喊了一次——这次是声嘶力竭的叫喊。仍然没有一丝回应。

一种不祥的预感突然向汤姆袭来。巴德和瓦西利斯他们在船上发生了什么事？

第十七章　消失的证据

"情况怎么样？"汤姆爬回船舱后，汉克问道。

"游艇看上去空无一人。他们很可能在给我们下套，但要去一探究竟，只有一个办法。"

汤姆调整了旋转轴的方向，"海洋猎犬"慢慢从海中升起，盘旋在"水泉女神"前甲板的上方，接着他放下了一把梯子。把控制台交给了一名船员，然后他顺着梯子爬下去，来到了游艇上。和他一起下来的还有汉克、乔。

"汉克，你从船尾开始搜索，"汤姆命令道，"我和乔从船头开始搜索。"

"明白！"

他们全面搜索了控制台、船舱、无线电室，还有船上配备的小艇。接着又向下走去，搜查了引擎室、补给品储存室、船员房间、仓库，甚至连舱底和床底都检查了。最后没有办法，他们只好趴下来，到盖着救生艇的防水油布下检查。但不管是船员还有乘客，他们一个都没找到。

第十七章 消失的证据

"机长,你怎么看?"汉克问道。

"也许瓦西利斯开着另一艘快艇逃了。"汤姆的声音中透着一丝寒意,"不管他和他的船员去哪儿,希望巴德还和他们在一起!"

回到"海洋猎犬"上后,汤姆向公司发无线电信息。他告诉接线员即刻联系哈伦·艾姆斯,还有A国的海军上将霍普金斯。

"情况紧急,"汤姆说着,"安排三方视频,艾姆斯和海军上将霍普金斯准备好后,立刻发消息给我。"

汤姆边等着回电,边绕着游艇,用水底跟踪器检查了一番它周围的水域。但是他却没找到其他游轮或是潜艇经过的痕迹。

突然,一阵声音从无线电扬声器中传来:"企业集团呼叫'海洋猎犬'!"

汤姆立刻回复,他与哈伦·艾姆斯和海军上将霍普金斯打了招呼。这位年轻的发明家向他们讲述了在瓦西利斯家和游艇上所发生的一切。

"太可怕了,汤姆,"霍普金斯说道,"我理解你的感受。即使追回提洛阿波罗雕像,也弥补不了对你朋友的伤害。"

"我现在就找一个情报局的人,和他一起乘'蓝天女王'飞过去。"艾姆斯承诺道,"顺便说一句,崔斯坦·卡洛也消失了。"

对于这意料之外的发展，汤姆皱起了眉头。"我们最好不要束手以待，"他想了一会儿后，说道，"如果可以的话，我希望可以派一艘正在进行常规工作的轮船去侦查'水泉女神'，不要让'海洋猎犬'去。"

"我立刻往你那边调一艘快船。"霍普金斯说道。

安排好和艾姆斯在蒙特卡的会面后，汤姆长舒了一口气。二十分钟后，一架A国海军的喷气式飞机飞了过来，它不停地摆动着机翼。又过了一小时，一艘驱逐舰进入了视野。汤姆向驱逐舰船长讲了情况，要求他们把"水泉女神"拖回港口，然后就驾驶着"海洋猎犬"出发了。

他们一行人刚到达蒙特卡，汤姆就打了一辆出租车，向乱成一团的警察局奔去。警察局局长看到这位年轻的发明家后，不禁舒了一口气，他紧紧抓住了汤姆的手。

"感谢上天你还安好，先生！要是有什么意外发生在伟大的汤姆·斯威夫特身上，我们可不会原谅自己！"

但是听到汤姆说巴德的失踪，还有瓦西利斯与其船员都消失了后，局长的表情又变了。"我们，也有一条坏消息，斯威夫特先生。得到你的情报后，我们立刻搜查了别墅的仓库。但是，唉，我们既没找到提洛阿波罗雕像，也没找到其他被盗的艺术品。"

汤姆十分沮丧："我逃跑后，瓦西利斯一定给他的别墅发

第十七章 消失的证据

了无线电信号。"

"没错——去通知他们。毫无疑问,他当时就知道了管家的事情,所以才命令跟班把那些偷来的证据移走。"

局长接着说道,那位管家现在仍躺在医院里,没有脱离生命危险。

"瓦西利斯名下有三辆车,"局长继续说道,"管家撞坏了一辆,另外两辆就停在瓦西利斯的私人直升机库外面。不用说,直升机库是空的。"

"你们能追踪到它吗?"汤姆问道。

"还不能。那昏暗的几个小时给了他们充足的时间去逃跑,而且难以被追踪。"

中午时分,艾姆斯和一个情报局的工作人员到达了机场,同来的还有一位来自L国的检察官,和一位来自国际警察组织的警察。他们立即召开了一场会议。

"很明显,他们用直升机带着所有人离开了游艇。"汤姆指出。

"先生,你觉得他们是在岸上着陆了?"来自国际警察组织的警察问道。

汤姆耸了耸肩,说道:"也许是吧,虽然这样的话,现在直升机很有可能已经被发现了。但是他们可能在海上又换乘了另一艘船,然后把飞机沉入海中,让我们永远找不到它。"

"现在最重要的事情是估测瓦西利斯的下一步行动,"艾姆斯说道，"他完全可以雇来最好的律师为他辩护。你觉得他会回来借虚张声势走出困境吗？"

"我敢保证他不会这样做，先生。"警察局局长冷酷地说道，"我们是不会容忍这种罪行的。根据他的管家和斯威夫特先生的证词，即使从轻处理，瓦西利斯也会被判为绑架罪——也就意味着终身监禁。"

"而且如果斯威夫特先生的朋友在L国水域内被杀的话，瓦西利斯要面对的是死刑。"检察官接着说道，"还有，'水泉女神'是L国游艇，据我对K国警察局的了解，除非他能把巴德先生安全带回来，否则就会被绞死。"

警长点了点头："我并不相信瓦西利斯会自己回来。他现在有一大笔金子和价值连城的艺术品在手，怎么会回来拿自己的自由和生命去冒险呢？像瓦西利斯这样的金融天才总能秘密地利用股份赚钱，而且还不会暴露。"

"等一下，"汤姆激动地打断了他的话，说道，"如果那个管家是在离开别墅时被击中的，那么瓦西利斯一定不知道管家活着告诉了警察这一切。他甚至连我有没有活着上岸都不知道。"

警局里的官员们饶有兴致地听着汤姆的想法。

"先生，你想说什么？"

"假设我们现在向瓦西利斯屏蔽外界信息，不让他知道我还活着，也不让他知道管家说的话。"汤姆说道，"如果瓦

第十七章 消失的证据

西利斯觉得现在已经没人能证明他的罪行了,也许他会冒险自己回来,继续故弄玄虚。"

汤姆的话震惊了艾姆斯和他的同伴,以及在场的警官们。经过一番详细商议后,他们都认为汤姆的计划最有可能引出瓦西利斯。到目前为止,警方还没有向媒体透露管家的车祸和这场耸人听闻的犯罪案之间的联系。

汤姆立刻打车回到了"海洋猎犬",驾驶着船体下降到了一个记者难以企及的深度。同时,警方又向外面开始散布一条新闻,称瓦西利斯的管家离奇受了枪伤,后又出了车祸,至今仍昏迷不醒。

故事还说,当警察准备告知瓦西利斯时,却发现瓦西利斯的别墅内已空无一人。别墅的居住者,包括著名潜航员、汤姆·斯威夫特和巴德·巴克利也离奇失踪。瓦西利斯的游艇和直升机同时消失。整个故事对提洛阿波罗雕像和其他被盗的艺术品只字未提。

汤姆表情严肃,焦急地等待着,他的同伴们也在紧张地期待着事情的发展。四十八小时后,还是没有任何有关瓦西利斯下落的实际线索,艾姆斯劝他们先飞回A国再说。

国际警察组织已经开始在世界范围内撒网抓捕逃犯了,所以现在他们能做的只有耐心等待消息。与此同时,A国的调查局称,他们还是找不到崔斯坦·卡洛。

汤姆在费林岛上隐居起来,同时,向外部放消息称他和船上其余船员一起消失了。斯威夫特一家和艾姆斯都了解这次计划,所以面对媒体,他们都不多做评论。

又过了两天。汤姆已经开始闲得发慌,他试图通过投入实验来忘掉对巴德的担心。但他完全集中不了注意力,最后他抓起电话,打给了哈伦·艾姆斯。

"怎么了?"这位安全总管问道。

"没什么——这才是症结所在。"汤姆答道,"哈伦,我有一个主意,可以设套引出瓦西利斯。"

第十八章　声呐信号

艾姆斯对于汤姆的"主意"一直十分看重。他知道这位年轻的发明家在想到一个周全的诱捕敌人的计划之前是不会声张的。

"好的,机长,我即刻就飞过去。"

半小时之内,艾姆斯从岛上的飞机场开着吉普车来到了汤姆的实验室。他们面对面坐下后,汤姆说道:

"哈伦,我觉得这样干等瓦西利斯出现是没有结果的。"

"你觉得他已经知道你活下来了吗?"艾姆斯问道。

"有可能。而且他十分聪明,不愿冒这种风险。"

"对了,那个管家目前正在康复中,而且为你的控告提出了一份完整的证词。"

"瓦西利斯一定会听到风声的,"汤姆说道,"而且他也一定会查到我的情况,早晚的事。"

"恐怕你是对的。"艾姆斯赞同道。

"有了管家关于提洛阿波罗雕像的证词后,我们可能会有足够证据来证明百夫长号沉船是由瓦西利斯指使的——尤其是在他的跟班招供以后。这种惩罚他压根儿承担不起。"

"我们知道他使用了一艘潜水艇，"艾姆斯冥思苦想道，"作为一个船业大亨，他很可能有一艘秘密潜艇。潜艇的外观可能是某个小国家的标志——如果有人细查的话，就再编一些关于它在某次试验中沉没的假故事。"

"或者说，作为一个武器代理商，瓦西利斯可以从海军部队那边买到二手潜艇，然后再自己改造成原子驱动模式的。"汤姆指出，"如果他在买卖中充当秘密中间人，那么不管是哪种可能性，想要追捕他都会很难。"

"那你的计划是什么，机长？"

汤姆从实验室的凳子中站了起来，不停地踱来踱去，他说道："哈伦，我们要想救出巴德的话，唯一的希望就是抛出一个瓦西利斯难以抵抗的诱饵。"

"比如说？"

"另一件艺术品。"

艾姆斯目瞪口呆地说道："你是认真的？"

"绝对认真，"汤姆笃定地答道，"爸爸和那个为阿宾登艺术博物馆捐赠的百万富翁是商业伙伴。在他们的馆藏中有一幅伦勃朗的名画。"

"伦勃朗的名画！"艾姆斯大呼道，"你不会以为博物馆会允许我们用这样的无价之宝来做诱饵吧！"

第十八章　声呐信号

"这幅画不会离开博物馆。我们需要的只是博物馆方面与我们的合作,要让瓦西利斯相信这幅画正要从A国——送到卡布里斯坦。"

卡布里斯坦是一个小国家,自从汤姆完成了帮助他们国家踏上工业化的项目后,当地国王就成为了斯威夫特企业集团的好朋友。那位国王也是一位狂热的艺术收藏家。汤姆解释道,博物馆可以向外宣称他们向国王出售了这幅伦勃朗的名画。和上次一样,本次新闻中也会提到准确航线和时间点。

"表面上,这幅画会和其他货物一起,由一艘货船送到卡布里斯坦。"汤姆继续说道,"船出海后,我会在'海洋猎犬'里跟踪它——等待瓦西利斯的袭击。"

对于这个大胆的想法,艾姆斯大吃一惊。"那艘货船呢?"他问道,"如果你没能及时追踪到敌人的话,它会沉入海底的。"

"从百夫长号上的爆炸程度来看,我肯定爆炸是在船舱内部引起的。"汤姆答道,"也就是说在船还没离港时,炸弹就已经植入船上了。如果这次瓦西利斯上钩的话,他可能还会故技重施。"

"但是这次我们会进行监察,并且在货船出海前解除炸弹——对吗?"

"对。"

"但是有谁能为我们提供货船呢?"艾姆斯质疑道。

"我有预感，海军上将霍普金斯会为我们提供货船和船员。"汤姆说。

这位年轻的发明家向霍普金斯打了一个电话后，海军上将霍普金斯直接飞到了费林岛来商讨这个计划。上将充满了激情。

"汤姆，就是这种策略才能取胜！"霍普金斯宣布道，"先假装让你的敌人一步，再一把打倒他！"

"这个计划并不一定管用，"汤姆谨慎地说道，"瓦西利斯向来狡猾。他已经躲过了法律的制裁，而且他可能已经意识到这个圈套了。但是我们知道他对艺术品的狂热程度，他会不惜一切来得到它。我打赌这幅伦勃朗的名画对他来说太有诱惑力了。"

"而且我确信你的计划值得一试，"这位海军上将鼓励着汤姆，说道，"海军后备役管理局那边正好有些货船要报废了。我们可以从里面借一艘出来。事实上，其中一艘货船被租给了一家私人轮渡公司，现在船上还喷着公司的名字。这也许能蒙骗过瓦西利斯，我会和那家公司的主席商量好的。"

"那船员呢？"艾姆斯插了进来。

"海军队员。我会秘密发布任务，征募志愿兵。"霍普金斯承诺道，"我们要追捕的人是一个公众敌人，他炸沉了轮船，威胁到了上百条无辜的生命，还偷走了价值一千五百万美元的财富。而且，他还有可能在未来继续作案。我想说，为了阻止他，这些风险都值得冒。"

第十八章 声呐信号

接下来的几天中,一切都在迅速进行。海军管理局自愿提供了多余的货船。这艘货船整装待发,重新喷漆,用的还是那家私人轮渡公司的标记——杰森·罗克韦尔号,它冒着蒸汽进入巴尔帝摩,固定在码头边。

装箱工人将印着送往卡布里斯坦标志的板条箱装上了船,他们都没意识到板条箱里装的其实是生锈的废铁。

同时,阿宾登艺术博物馆与汤姆合作——已秘密同意帮助这场策划,放出消息称,博物馆决定将伦勃朗的名画卖给卡布里斯坦国王。这个决定在媒体界引起哗然大波。博物馆的创始人朱利叶斯·阿宾登回应道,为扩大原始与现代艺术品馆方,藏,博物馆需要一定经费。汤姆确信,不管瓦西利斯藏在何他都会得知这则消息。

一个看上去像是装着画的板条箱被他们从博物馆运到了码头,装上了罗克韦尔号,箱子上面盖着防水层和防火层,四周一直有人在守卫。海军潜水员也一直在水下监视着,防止敌人在船体上安装炸弹。码头上也有警卫——但是他们都已得到命令,要装作漫不经心地看守。除了三人以外,船上的船员全部是海军。

同时,"海洋猎犬"正潜伏在切萨皮克湾。在罗克韦尔号出发的前夜,汤姆接到了来自艾姆斯的无线电信息。

"瓦西利斯似乎已经上钩了!"艾姆斯兴奋地报道着情况,"十一点十五分,一个炸弹被安装在船上。我们已经解除它了，为了引出他的同伙，情报局正在跟踪那个安装炸弹的人——但是在你下命令前，他们不会采取逮捕行动。"

汤姆兴奋不已地说道："太棒了，哈伦！但愿我们这次能成功！"

第二天，罗克韦尔号离开码头，喷着蒸汽慢慢地驶出了海港。"海洋猎犬"则在海湾下面追踪着它。一直到傍晚时分，汤姆和他的船员都在密切观察着声呐系统和水听器，不放过一丝敌方潜艇的痕迹。

夜幕降临。十点前不久，一直在监听水听器的亚弗·汉森忽然喊道："机长，突然响起这声音了！炸弹一定是要在这会儿引爆的。"

亚弗拨动开关，从水听器的扬声器中传来一阵有节奏嘀嗒声。

"是声呐脉冲！"汤姆喊道，"亚弗，这声音从哪儿来的？"

"正前方。一定是从罗克韦尔号中传来的。"

汤姆困惑地皱起了眉头，接着脸上阴云密布，说道："瓦西利斯可能识破我们的计划了！"

"此话怎讲？"汉克·斯特林问道。

"如果我没错的话，他已经知道炸弹被解除了，所以又准备了另一套计划。声呐脉冲可以帮他们追踪罗克韦尔号。一定是在船体回到港口时，敌方的潜水员将信号器和延时炸弹安装到

第十八章 声呐信号

船体上了。"

"但是A国海军不是一直在水下监视着吗?"亚弗反问道。

"他们是在监视,"汤姆答道,"但他们可能放松了警惕。也就是说,在他们的潜水员得到消息——炸弹在被解除后就放松警惕了。我感觉就在今晚,炸弹会在罗克韦尔号的船体上炸出一个洞!"

突然,声呐员大叫道:"左舷尾方向有船体接近,机长!就在左舷上面!"

"是敌人吗?"汤姆焦急地研究着声呐系统。那艘船正在慢慢地靠近,亚弗打开水听器后,船体螺旋桨转动的声音更加清晰。

也许瓦西利斯使用的并不是水面舰艇,而是潜艇。难道,这难道是他的把戏?

汤姆不想冒险。他驾驶着"海洋猎犬"上升到水面,放出了一个潜望镜来观测这艘神秘的船。但是在夜幕的笼罩下,他们什么都看不到。

汤姆十分困惑,又慢慢地驾驶这架水陆两用直升机潜入水中,准备从船舱的窗户中直接观察。水面一个突出的物体反射着月光。"是艘潜艇,潜望镜正在运转!"汤姆意识到。

必须立刻通知罗克韦尔号!虽然船上的船员都训练有素,知道如何应对紧急情况——但是现在炸弹或许要爆炸了。

"汉克,给罗克韦尔号发电!"汤姆命令道,"告诉船长立即弃船!我们会去接船员!"

"机长,敌方潜艇向我们发射了水雷!"声呐员喊道。

汤姆一把抓过了控制器,驾着"海洋猎犬"向左舷方向急转弯,水雷从船尾扫过。就在这时,一场爆炸让这架水陆两用直升机剧烈地摇晃起来。

第十九章　危险的痕迹

这场爆炸彻底震动了"海洋猎犬"一通,汤姆和船员们都被震波弹到了船板上。虽然水雷没有射到他们——而且这架水陆两用直升机装有反声呐保护层——但发生了什么很明显。他们浮上水面后,敌人一定通过雷达侦察到了他们,于是调试水雷,使它在测量范围内自动爆炸。

"亚弗,检查船体有无泄漏!"汤姆冲到控制台喊道。汉克正摸索着通信柜。

"机长,无线电装置坏了!"他报告道,"一定是爆炸的缘故!"

几乎就在同时,汤姆发现转向机也不工作了。

"又一发水雷!"一声警告传来。

汤姆瞥了一眼水雷留下的那泡沫翻腾的痕迹,找到了唯一一条逃生路线。现在再反转旋转轴刀片,使船体上升已经来不及了。汤姆只好取而代之,猛地将控制器往前推,驾驶着"海洋猎犬"向下潜入水中。

"希望我们船体没有泄漏！"汤姆自言自语，轻轻地祈祷着。

不一会儿，船体上方传来了水雷爆炸声的回响。这次，船员们都拥抱在一起，以便抵抗震波的影响。汤姆紧紧握着控制器，驾驶"海洋猎犬"垂直下降。

这时，亚弗从舱尾检查回来，报告说："机长，船体没有泄漏迹象！"

汤姆默默地点了点头，坚不可摧的船体救了他们一命。不过如果敌方潜艇跟着他们潜入水中的话，他们就还没有脱离危险。

"我们要下降到多深？"汉克问道。

"一直下降。"

这段紧张的时刻过去后，"海洋猎犬"在海底平安着陆。汤姆关掉了原子涡轮。即使是他们的声呐搜索脉冲发出的砰砰声都可能会引来敌人，招来另一场爆炸。亚弗带上了水听器耳机。

"基本听不见他们的动静了。"他报告道。

"好的，我们去修理一下毁坏的部分。"汤姆说道，"但得小声点。"

汉克带领着剩下的船员一起去修转向机。他们很快查到了症结所在——伺服控制系统中的液压管路破裂，并解决了问题。

同时，汤姆在努力修理无线电装置。它包含了斯威夫特家

第十九章 危险的痕迹

研发的先进水下通信系统,在"海洋猎犬"需要在水下发射信号时,它可以通过一个扳手开关来收发信号。幸运的是,损坏程度并不严重。在第一发水雷的强力爆炸后,一些电路毁坏了。这会儿,汉克和船员们已经修好了转向机。

"驾船上升,汉克。"汤姆命令道,"我去联系罗克韦尔号。"

罗克韦尔号上安装有一个特制的收发报机,以方便他们和"海洋猎犬"保持联系。汤姆呼叫货船时,心里一阵紧张。刚刚他们躲在海底时,上面发生了什么?这次瓦西利斯的潜艇有机会袭击了,上面的炸弹会不会已经爆炸!

"罗克韦尔号收到'海洋猎犬'信号。我们听得到,有什么事,请说。"

汤姆松了一口气。他快速解释了现在的情况:"告诉你们船长立即弃船。现在时间可能所剩不多了。炸弹的声呐脉冲是为了给潜艇时间来追踪你们,它一开始计时,不超过一小时炸弹就会爆炸。但是别指望一小时!再说一次——立即弃船!我们会迅速赶到,去接你们!"

"明白。我们立刻执行您的命令。"这位海军接线员冷静地回答道。

汤姆却难以平静。他从汉克手里接过控制器,很快,"海洋猎犬"突破了水面。汤姆焦急地扫描着这片昏暗的海洋。他们一直和罗克韦尔号保持着一段距离,而货船还在航线上正常行驶着，并没有意识到刚刚水陆两用直升机险些被水雷击中。现在罗克韦尔号就快要消失在地平线上了——可能瓦西利斯的潜艇正紧密跟踪着它。但是它们两个都不在"海洋猎犬"的声呐可追踪的范畴之内。

"我们起飞，"汤姆对船员说道，"希望我们通知得还算及时！"

他反转了刀片螺距，开大旋转轴涡轮。"海洋猎犬"以一个陡峭的弧形向上飞出水面，接着开始喷气去追赶货船。

"它在那儿！"汉克激动地喊道。

在他们正前方的海面上，罗克韦尔号被月光笼罩着，清晰可见。它后面没有航迹，说明它已经停止前行了。在这样的距离之下，很难看清船上在做什么，但是它似乎已经放下了救生艇。汤姆驾着"海洋猎犬"朝着它俯冲下去。

砰！一大团火焰从货船的右舷蹿了出来。一阵烟尘从船中翻滚着涌上天空，噼噼作响。货船船体开始严重倾斜，眼看着就要翻船了。

"呼叫'蓝天女王'！"汤姆对汉克喊道。这个巨大的飞行实验室一直在海军航空站待命，以防万一。

汤姆打开了包括搜救灯在内的所有灯，驾驶"海洋猎犬"向下盘旋。由于爆炸引起的火花和火点的燃烧，其中一艘救生艇逐渐下沉，最终淹没在水中。考虑到飞得太低会伤到在水中挣扎的人，汤姆仍与水面保持着一定距离。

第十九章 危险的痕迹

其他几只船过去拉起他们，排成一列向这架水陆两用直升机驶来。"海洋猎犬"舱门大开，罗克韦尔号的船员从舱门爬了上来。

"所有人都及时弃船了吗？"汤姆询问道。

"是的，先生。船沉之前，我们集合了所有人，而且是格里姆斯比船长亲眼看着最后一人弃船的。"一位水手长说道，"但有人受伤了。"

一些人因飞溅的碎片和救生艇翻船造成的混乱受了伤。格里姆斯比船长是最后一个爬上"海洋猎犬"的人，他的一只眼睛受了重伤。

"抱歉事情发展成了这样，船长。"汤姆说道。

格里姆斯比强笑了一下，说道："我们志愿加入这次行动时，就已经做好了迎接危险的准备。"

汉克·斯特林负责对伤员实施急救。很快，辛普森医生乘着"蓝天女王"到达了现场，驾驶员是斯威夫特企业集团的飞行员斯利姆·戴维斯。这架巨大的三层飞船靠近水面后，投下了一个吊钩和梯子，罗克韦尔号的船员爬上梯子离开了"海洋猎犬"。

"机长，海军潜艇正在赶来。"斯利姆向汤姆报告。

"等他们来时，我们可能已经离开了。不过我会把我们的航线发过去。我猜那帮海盗已经开始拖拽货船了，我们马上就去追踪。"汤姆答道。想到敌方潜艇已经带着"战利品"甩了他们一程，他就急得不行。

第十九章 危险的痕迹

"蓝天女王"刚离开,"海洋猎犬"就潜入了水中。汤姆打开了水底跟踪器。但令他失望的是,显示屏上一点儿信号都没有。

"刚才水雷爆炸肯定把我们的跟踪器也弄坏了!"他向汉克说道。

水陆两用直升机只好再次升上水面。很快,他们就检测到问题出在船头的防水摄谱仪探测器上。汤姆进到舱内去检查故障后,不禁沮丧地抱怨了一声。五个偏流计受到了严重损毁,三个电路需要进一步维修。汤姆估计,要修好跟踪器,得花上几个小时。

他冷静下来,开始着手修理。最终,他重新修好了防水摄谱仪探测器,"海洋猎犬"再次潜入水中,开始追踪货船的踪迹。

正如汤姆所想,跟踪器显示罗克韦尔号只沉了一两百米,然后水平转了个弯。钚元素的痕迹暴露了那艘拖着货船的潜水艇。从沉船点开始,货船离开的航线大致朝着东南方向。很明显,敌人用的是与打劫百夫长号一样的套路。他们将这艘货船拖到水下的某个地方,方便卸货。

"你觉得他们往哪儿去了?"汉克问道。

汤姆研究着图表,皱着眉头说道:"他们可能找到了一个方便卸货的海底平顶山。要不,我也不知道——这个方向除了百慕大群岛没有其他地方了。但他们不可能拖着货船穿过大洋啊!"

汤姆将"海洋猎犬"的马力开到最大。到了上午十点,在这架水陆两用直升机的前方出现了一大片陆地,它稍稍浮出水面,放出一个潜望镜来侦察。前方是一个小岛——明显是个荒岛,面积小但却山石嶙峋。汤姆驾着水陆两用直升机再次潜入水中,跟着踪迹接近了小岛。

"机长,我们可能被发现了。"一直在控制水听器的亚弗报告称,"他们一定装有声呐浮标。这些声呐脉冲来自很多方向。"

汤姆并不担心这个,因为"海洋猎犬"上有特制的保护层,可以保护它不被声呐追踪到。这架水陆两用直升机继续小心翼翼地接近着小岛。

小岛的地形逐渐变得清晰可见。它看上去是新月形状的,中间包着一个小型的内湾,或是礁湖。在港湾里向上倾斜的底部中,汤姆和他的同伴们发现了一个船体,是罗克韦尔号。敌方潜艇就停在它的不远处。水中晃动的灯光说明潜水者正在卸货。

"希望他们没发现我们,要不还得再来一发水雷。"一个船员紧张地自言自语着。

"别担心。我们很安全,只需要等着海军过来就行了。"汤姆答道,"但是在这之前我想去海港的入口外边,看看那边的装置。"

他说的是那个安装在海底的大型电路金属设备。很明显,那个设备上装有旋转刀片。为了更好地观察,汤姆驾驶着"海洋

猎犬"慢慢接近了它。

突然,这个设备开始旋转了。汤姆心中一紧,急忙反转转向机后退。已经晚了!旋转的刀片一转动,便制造了一股强大的气流。汤姆和船员们还没来得及支撑住自己,水陆两用直升机就被吸入了漩涡中,毫无反击之力,他们全都被惯性甩到了船舱的另一边。

第二十章 被困在下面

船员们被震得头昏脑涨,都在挣扎着找把手,好扶着它站起来。漩涡的喧闹声在船体中回荡着。旋转的刀片卷起了大批泡沫,掩住了船舱的窗户,但是从"海洋猎犬"颠倒的方向来看,他们一定正在被卷入漩涡中心。

汤姆费力地来到了控制台,关掉旋转轴。他抱着一丝希望,想着也许关掉旋转轴后,产生的弹力可以把船体弹回海面。但他的希望很快就破灭了。

"我们一定就在漩涡中央!"汤姆倒吸了一口冷气。

片刻之间,船舱的窗户明亮了起来,外面的光线透过石英玻璃窗照射舱内。汤姆发现在漩涡中心出现了一个空穴,而船体已经接近了它,他们正高速旋转着。看见空穴下面那一片钢铁和泡沫时,他顿时脸色苍白。

如果"海洋猎犬"坠入瓦西利斯那邪恶装置的旋转刀片中,会怎样呢?毫无疑问,机器会坏掉,那正中瓦西利斯的下怀。水陆两用直升机会被绞成一堆废铁,更不用说船员会怎样

第二十章 被困在下面

惨死！

无助的船员们都沮丧地盯着汤姆。

"我们还有一次机会！"为了盖过噪音，汤姆对他们喊道。

他一手抓过控制轮，另一只手抽出一支杠杆，反转叶片螺距，加大油门，用力反拖着轮子。旋转轴瞬间聚力，发出了嗡嗡的声音。

"只要空穴中空气充足，我们就能上去！"汤姆乐观地想着。哪怕空穴中只有一部分真空，旋转轴都有可能上不去。

过了几秒，什么都没有发生。接着，旋转轴缓而有力地推着水陆两用直升机升出了漩涡，飞出了这个恶魔之地！

船体下面呈现出了小岛的地貌，内湾被缓坡环绕着，坡面上覆盖着一层绿色植被。在海滩边，矗立着一座杂乱的房子。房外守着两个人——一定是瓦西利斯的跟班。

一看到"海洋猎犬"，他们都吓得目瞪口呆，汤姆甚至可以看到他们张大的嘴。紧接着，他们冲进了一处红花丛中。

当水陆两用直升机俯冲时，他们的表情都扭曲了。汤姆大笑着，驾驶船体向海边飞去，然后迂回过来——选了离岛较远的一侧，这样的话，可以用山脊做屏障挡住"海洋猎犬"。他驾驶着船体盘旋到水下，快速向船员们下达了命令。

没过一会儿，汤姆和亚弗穿着呼吸服穿过舱门，沿着船体潜入了水中。靠岸后，他们打开了喷射器，绕着小岛向海港游去。他们一路上都保持高度警惕，以防接近漩涡。

直到两人到达内湾旁，汤姆确认安全后，他们才悄悄地爬上了岸。同时，"海洋猎犬"一直在岛上飞翔，不断发出噪音骚扰着小岛。发现"海洋猎犬"后，高射炮开始了一阵猛击，但是在汉克·斯特林精湛的驾驶技术下，这架水陆两用直升机巧妙地躲开了所有炮弹。

"我们刚刚看见的那俩人一定是跑到炮台那边去了。"亚弗低声说道。

汤姆点了点头，说道："可能炮台就伪装在花丛中间。希望汉克能吸引他们的注意力，别让他们发现我们！"

这条山脊的两坡直接延伸到了小岛的两侧。只有外海岸线和内港中有一块平缓的地面。汤姆和亚弗将漫山遍野的绿色植被当作屏障，顺着坡爬上去，又沿另一侧向着房子冲了下去。

他们跑到房子没有炮火的那一侧，从窗户外往里看。房间里有两个人，都被绑在椅子上。汤姆看到其中一个俘虏时，心中猛然一惊。

"是巴德！"他悄悄地对亚弗说道。

"另一个是谁？"亚弗大声问道。另外一个俘虏背对窗户。他一头黑发，身材又高又瘦。

"我大概可以猜到他是谁，但还是亲眼看看吧。"汤姆答道。除了他们几个，这儿没别人了。很显然，冲着水陆两用直升机开火的那两个人就是看守。

第二十章 被困在下面

汤姆和亚弗一直等着"海洋猎犬"又绕过来,把两个看守的注意力吸引到屋外。他们立刻绕着屋子冲到前面,溜了进去。看到他们,巴德忍不住大叫了起来。

"汤姆!亚弗!你们俩从哪儿过来的?别告诉我是游过来的!"

"我们坐着那架他们正对着开火的"海洋猎犬"而来,伙计!"汤姆大笑着回答说。

正如汤姆所想,另一个俘虏是崔斯坦·卡洛。他好像被这突如其来的救援搞懵了,汤姆和亚弗为他们松绑后,他还在结结巴巴地道着谢。巴德立刻告诉了汤姆在"水泉女神"上都发生了什么。一架直升机飞过来,带走了游艇上的所有人员。黎明之前,直升机把他们送到了岸上的指定地点。

"瓦里克斯觉得这个计划天衣无缝。为了保住他的性命,隐瞒那些卑鄙勾当,他把我当成人质。"巴德解释道。

到了岸上的指定地点后,一艘瓦西利斯名下的小型货船接他们来到了北非海岸,这位大亨在这儿有一个豪华的隐匿之所,只有几个他最亲近的跟班才知道。

"那家伙谁都不相信。"巴德笑了起来,接着说道,"他们拉着最近刚洗劫的那艘沉船过来时,他一直随身携带着赃物。根据这地方的构造来看,我想他是准备把这里作为一个永久性的潜艇基地了。守卫告诉过我们,这个小岛无人居住,而且瓦西利斯是以假名租来的。"

卡洛说，他是在L国被绑架的。当时有一个男人想要买他的发明，和他一起坐水上飞机来到了这个岛上。然而真相是，他们阻止他洗清自己，也不让他告发那些他发现的有关瓦西利斯的真实情况。

汤姆没说一句话，只是急忙去检查房间。这所房子从外面看起来空空荡荡，并不引人注目，但其内部装饰却十分齐全，而且还存有许多食物。果不其然，在卧室里，一层画布盖着提洛阿波罗雕像和那些被盗的名画。那些金子也被一层布盖着，就堆在一堵墙前。

汤姆注意到一个大收音机和一部电话，问道："这电话是用来干吗的？"

"它可以与海港中的潜艇通话，"巴德答道，"还有，墙上的那个开关是用来控制漩涡机器的。"

"也就是说，不是'海洋猎犬'触发那机器自动启动的？"亚弗插话进来。

巴德摇了摇头，说："听守卫说，机器应该是由声呐浮标警报系统触发的，不过这次不是。你们一定是被潜艇上的瞭望员发现了。因为守卫先接到了一个电话，才过来这边打开了开关。"

"唔。而且机器现在仍在运转。"汤姆若有所思地说道。

现在"海洋猎犬"已经按照汤姆的命令飞离了视野，潜入水中，只等候着他们归来。与此同时，炮火声也停了下来。

第二十章 被困在下面

"那两个守卫马上就要回来了,机长。"亚弗说道,"我们最好提前做好准备。"

汤姆下达了一道简短的命令。"巴德,你和卡洛先回到椅子上。我们会把绳子摆上,就好像你们还被绑着一样——以防守卫在进来之前从窗户外往里看。亚弗和我会站在门后。"

几分钟后,门被打开了,两个守卫毫无防备地走了进来。汤姆和亚弗猛扑到他们身上,巴德和卡洛立刻扔掉了绳子,跑来帮忙。眨眼的工夫,这两个守卫就被制伏并解除武装了。

汤姆立即认出了他俩中的一人。"他就是那个伪装成温努图·吉劳德的假记者,后来还安排了那场绑架。"汤姆对他的朋友们说道。

巴德咯咯地笑着,冲着狂怒的吉劳德说道:"不同往昔了,是吧?"

他们刚把这两个守卫绑到椅子上,电话就响了起来。"你来接。"汤姆对假记者说道。

这人一开始绷着脸拒绝接电话。但是当巴德反握着他的胳膊使劲往后拧时,他的表情立刻变了。

他们把这个人从椅子上放了下来。他的手还被绑着,就这样被巴德反擒着带到了电话前面。汤姆从支架中拿起了电话,放到他耳边。

"我是克拉真克。"

瓦西利斯没好气的声音传了出来："那儿怎么了？从海平面的收听系统里听不到炮声了。"

巴德一把拧紧了他的胳膊，克拉真克连忙说道："我们——呃——赶走了那架水陆两用直升机，先生。"

"笨蛋！你们应该把它击落的！"瓦西利斯吼道，"立刻把小屋里的东西都转移走，关掉漩涡。我们必须在斯威夫特那帮人赶过来帮忙之前清理干净！"

汤姆突然拿过电话。他用一种冷淡的声音说道："斯威夫特现在就在这儿，瓦西利斯先生——而且漩涡会一直开着。在当局赶来之前，你和你的最新犯罪证据都只能待在海港内！"

巴德和亚弗开心地喝着倒彩。

汤姆立刻向海军上将霍普金斯发了一封电报，报告了全部情况。最先来到这片海域的是猎杀者特种兵部队派出的航母配备载波追踪飞机。接着，一队携带深水炸弹的直升机和一架搭乘着水军的直升机飞了过来。同时，从沉船现场一路跟着汤姆的无线电航线前进的海军潜艇也赶了过来，它在海港外巡逻，等着看瓦西利斯的潜艇有没有可能铤而走险。

意识到局势已变，瓦西利斯浮出了水面，终于向他们投降。他的跟班们现在毫无拘束，供出了许多证词。

克拉真克承认为了隐瞒他们对百夫长号的洗劫，他对汤姆和巴德的呼吸服动了手脚。那张画有溺亡的洛马人的无线电传真照

第二十章 被困在下面

片是一条线索,就是为了阻止汤姆横渡大洋。他们在船上的引擎室里装上炸弹后,瓦西利斯的人发了电报,而克拉真克从一个可携带式接收器中截取了电报。

那个通电的拖网渔船也是瓦西利斯的。他们得到无线电消息,称他们在洗劫时,正好被两个潜航员碰到。之后,为了不让他们重返海底平顶山去调查真相,克拉真克受命绑架了汤姆。

那个假鲨鱼里的人还有在场的帮手也是瓦西利斯雇来的。得知汤姆会负责打捞百夫长号的项目后,他雇他们来除掉这位年轻的发明家。

汤姆在海底发现的灯已经指向瓦西利斯,所以他们想借此把怀疑引到卡洛身上。这位大亨手下的很多人都卷入这次案件中,包括他的司机、两个健壮的跟班,还有在罗克韦尔号上装第一颗炸弹的破坏者。克拉真克还透露道,瓦西利斯剩下的犯罪团伙都在他的北非基地。

海军军舰带走了这些罪犯后,汤姆和他的同伴们坐着"海洋猎犬"开始返回费林岛。

汉克留意到汤姆打着哈欠,疲倦地伸了个懒腰,便说道:"还是我来掌舵吧,机长。"

"好的,谢谢。"

然而,这位年轻的发明家并没有睡着。他在想着他的下一个发明会是什么,又会给他带来怎样的历险。汤姆预知不到他马上就要用他的3D遥控喷射器去探索一个来自外太空的神奇物体了。

过了一会儿,巴德接通了无线电。"哇!是海军上将霍普金斯,汤姆。"他说,"他想让我们去他那里一趟,那儿会有一场大型招待会,还有一场媒体见面会。我感觉你好像要和海军奖章来个约会了!"

汤姆大笑道:"我猜这次约会一定让我终生铭记!"